I0636591

Elias Boudinot, Publication Soc. American Baptist, Samuel A. Worcester

Cherokee Hymn Book

Compiled from several authors and revised

Elias Boudinot, Publication Soc. American Baptist, Samuel A. Worcester

Cherokee Hymn Book
Compiled from several authors and revised

ISBN/EAN: 9783337194468

Printed in Europe, USA, Canada, Australia, Japan

Cover: Foto ©Andreas Hilbeck / pixelio.de

More available books at **www.hansebooks.com**

CHEROKEE

HYMN BOOK.

COMPILED FROM SEVERAL AUTHORS,

[redacted]

AND REVISED. [redacted]

ᏣᎳᎩ ᏗᎧᏃᎩᏍᏗ [redacted]

ᎯᏄᏍᎩ ᎢᏯᏂᏛ [redacted] ᏧᏃᏪᎳᏅᎯ

PHILADELPHIA:
AMERICAN BAPTIST PUBLICATION SOCIETY,
1701 CHESTNUT STREET. [redacted]

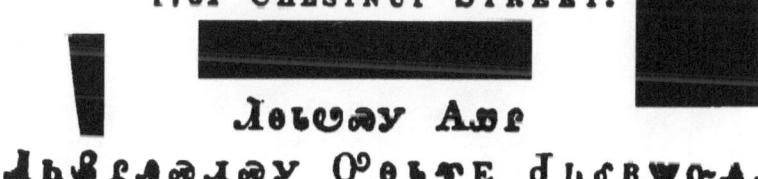

[redacted]

ᏗᎾᏏᏬᏍᎩ ᎪᏪᎵ
ᏗᏂᏜᎵᎯᏍᏗᏍᎩ ᏅᎾᏏᏔᎬ ᏧᏂᏍᏴᎳᏅᏌ.

ᎯᎠ ᏅᏍᏗ ᏥᎪᏩᏘ (:) ᎾᏍᎩ ᎢᏥᎪᎸᏒ, ᏔᏞᏁ ᏬᏫᏁᎢᏍᏗ ᏂᎡ ᎥᏝ ᏫᏃᎩᏍᏗ ᏂᎩ. ᎠᏑ ᎾᏍᎩ ᎯᏄᎯᏣ ᏘᎢ ᎪᏩᏄᎢ ᏗᏡᏍᏙᏗ, ᏴᏉᏉ ᎢᏫᏃᎩᏍᏗ ᏂᏘᎢ. ᎯᎠᏗᎾ ᏅᏟ ᎠᎯᏗᏣ ᎢᏦᎵᏍᏗᏱ,

ᏬᏍᎩᏃ ᎠᏁ:Ꭿ ᎡᎶ:ᎯᏃ,

ᏩᏗᏲ ᏥᎪᏩᏘ, ᎠᏁ:Ꭿ ᎪᏩᏄᎢ ᎥᏝ Ꭿ ᎠᏗᏍ ᏫᏃᎩᏍᏗ ᏂᎩ, ᎯᎠᏉ ᏥᏂᎬᏃ ᎢᏣᏍᏗ,

ᏬᏍᎩᏃ ᎠᏁ ᎡᎶᏃ.

ᎯᎠᏃ ᎾᏍᏉ ᏥᏂᎬᏜ ᏥᎪᏩᏘ,

ᏅᎸᎡ ᎠᏆ:ᎴᏍᏕᏍᏙᏙ,

ᏩᏗᏲ, Ꮖ ᎠᏑ Ꮄ ᏗᏡᏍᏙᏗᏉ ᏴᏉᏉ ᎢᏫᏃᎩᏍᏗ. ᎯᎠᏃ ᎾᏍᏉ ᏥᏂᎬᏜ ᏥᎪᏩᏘ,

Ꭹ:Ꭼ ᏅᏁᏫᏁᏑ

ᏩᏗᏲ, Ꭼ ᎠᏑ Ꮕ ᏗᏡᏍᏙᏗᏉ ᏴᏉᏉ ᎢᏫᏃᎩᏍᏗ. ᎯᎠᏉ ᏥᏂᎬᏃ ᎢᏣᏍᏗ,

Ꭹ ᎫᏁᏫᏁᏑ.

NOTE.

The character (,) denotes that the syllable to which it is prefixed is either omitted in singing, or loses its vowel sound

HYMNS.

ᏣᎳᎩ ᏗᎧᏃᎩᏍᏗ

HYMN 1. S. M.

Meeting of Christians.

1 ᏗᏑᏏᎲᏩᎯ,
ᏃᎯ ᏚᏏᏭᎯ;
ᏑᏄᎳᏗ ᎤᏣᏒᎯ
ᏗᎨᏅᏒ ᏦᏒ.

2 Ꮮ ᏴᏏᎪᎯᎰ
ᎾᏚᏙᎵᏍᏗᏱ
ᎱᎩᏙᏓ ᏫᏑᏁᏄ,
ᏑᏄᎳᏗ ᏦᏒ.

3 ᎲᏰ ᏑᎾᏁᎼ
ᎢᏑᎫᏴᎵᎢ;
ᏕᏗᏗᏃᎩᏍᏗᏍᎨᏍᏗᏃ
ᎢᏑᎫᏴᏜᎯ.

4 ᏝᎩ ᏑᏄᎳᏗ
ᎾᏙᏛᏏᏭᏓ,
ᏣᏱᏃ ᏂᎪᎯᏄᎢ
ᎾᏚᎵᏍᏗ ᏦᏒ.

5 ᏑᏄᎳᏗ ᎵᎯ,
ᏍᎩᏍᏚᏞᏍᎨᏍᏗᏱ;
ᏗᏦᏄᎢ ᏇᎰᏑᏗ.
ᏑᏄᎳᏗ ᏦᏒ.

HYMN 2. 7s.

Introduction of Publu Worship.

1 ᎶᎨᏣ, ᏣᎬᏫᏩᎯ,
ᎢᏨᏄᏱᏙᏗᎶ
ᏧᎩᏌᏄᏬ, ᎠᏂ
ᎲᏙᎰᏔᏫᎰᏑ.

2 ᎤᏯᏍᎼ ᏃᏑᎼᏅ,
ᏂᎯ ᏚᏨᏌᏑᏂ;
ᎥᏝᏍᏗ ᎠᏎᏱᏱ
ᎶᏗᏨᏔᏫᏆᏍᏗ.

3 ᏬᎩᏌᏯᏜᏍᎨᏍᏗᏱ
ᏧᎶᏏᏙᏞᏍᏗᏍᎬ,
ᎠᎣ ᏚᎶᏙᎥᎢ
ᏙᎰᏃᎩᏍᏗᏍᎬᎢ.

4 ᏣᏱᏃ ᎧᏃᎵᏛ
ᏧᎶᎼᏑᏅ, ᏝᏍᏗ
ᎤᏃᎣ ᎰᏑᎶᏍᎪ
ᎢᏩᏍᏗ ᎶᎨᏎᏍᏗ;

[redacted]

5 ᎨᏣᎨᏳᏗᏍᎩᏂ
ᎾᏓᏢᏂᎠᏗᏍᏓ,
ᎨᏣᏂᏆᏘᏗᏃ
ᏓᎦᏔᏩᏍᏗᏍᎨᏍᏗ.

6 ᏍᎩᏅᏙᏢᎨᏍᏗᏉ
ᎦᏍᎩᏅᎦᏂᏍᎬᎢ,
ᎠᏴᏃ ᏂᎠᏆᏯ
ᎢᏨᏯᏉᏗᏍᎨᏍᏗ.

[redacted]

HYMN 3. L. M.

The same.

1 ᎠᎯ ᏥᎦᏤᏪᎾᎠ,
ᏱᎰᏩ ᏣᏁᏩᏅᎯ,
ᎤᏤᎵᏓ ᏣᏓᏅᏙ,
ᏗᎨᏔᏍᏗᏙᎵᏍᏗᏃ.

2 ᎦᏰᎪᎩ ᏂᎨᏒᎾ
ᏣᏓᏙᎵᏍᏗᏍᎨᏍᏗ,
ᏧᏥᏈᏴ ᎦᏅᏙᏍᏛ
ᎯᏍᎩᏅᏛᎩᏍᏗᏍᎨᏍᏗ.

HYMN 4. L. M.

Close of Worship.

1 ᏍᎩᏯᏙᏓ, ᏍᎩᏅᏛᎦᏏ
ᏧᎦᏓᏙᏢᏍᏫᏅᎢ,
ᎠᏃ ᎢᏨᏍᎦᏅᏴᏯ
ᏂᎦᏛ ᏍᎩᏅᏙᏢᎩ

[redacted]

2 ᏬᏃᎮᏛ ᏣᏁᏢᎦ
ᎩᏩᏉ ᏦᏣᏛᎬᎦ
ᏇᏣᏅᏓᏓ, ᎠᏃ ᎾᏍᎩ
ᎾᏙᏥᏌᏬᏍᏍᎦ.

3 ᏙᏥᏍᏢᏒᏃ, ᏂᎯ
ᎦᏨᏍᏬᏍᎦᏒᏅ;
ᏂᎠᎯᏯᏃ ᏙᏨᏅ
ᏂᎯ ᏍᎩᏅᏙᏢᎨᏍᏗ.

HYMN 5. L. M.

Longing for the house of God. Ps. 42.

1 ᎠᏎ ᎠᏥᏉ ᎦᎨᏴᎢ
ᏥᏂᏍᏊᏪᏲᏍᎠᎢ,
ᎾᏍᎩᏅ ᏂᎬᏍᏍᏢ,
ᏱᎰᏩ ᏣᎬᎾᏛᎯ.

2 ᏗᎨᏓᏅᏛᎻ ᎬᏍᏍᏢ,
ᏣᎬᎾᏛᎯ ᏩᏂᎻ;
ᎯᏩᎠ ᎢᏛ ᏓᎨᏏ
ᏣᏤᏢ ᏗᏓᏁᏯᎢ?

4 ᎡᎯᏍᏗ ᎠᏆᏓᏅᏙ
ᏂᎦᎻ ᎦᏓᏅᎻᏢ,
ᎾᏥᏰᏃ ᏧᎩᏣᏘ
ᏍᏃᎩᏳ ᏧᏴᎬᎩ.

4 ᎠᏃ ᎾᏥ ᏍᏃᎩᏳ,
ᏌᏯᏉᏗ ᎢᎦ ᎨᏒ,

ᏂᎯ ᎦᏣᏃᎩᏍᏗᏍᎬ
ᏂᏏ ᏧᎩᏰᏄᏒᎩ.

5 ᎦᏙᎲᏃ, ᎠᏆᏓ:ᏅᏙ,
ᎡᏔᏗᏳ ᏂᏣ:ᏓᏍᏔᏅ?
ᎠᏏ ᎯᏬᏓᏍᏕᏍᏙᏏ
ᏱᎰᏩ ᎤᎬᏫᏳᎯ.

6 ᎠᏴᏰᏃ ᎠᏏ ᎠᏎ
ᎾᏍᎩ ᏌᏁᏄᎲᏔᏂ,
ᎠᎴ ᏌᏕᏓᎡᏓᏁ
ᎤᏤᎵ ᎠᎵᏗᏄᎢ.

HYMN 6. 12, 9.

Psalm 5.

1 ᏱᎰᏩ, ᏚᎾᎴ ᏍᏆᏛᏕᏗᎵᏍᏗ
ᏥᏗᎬ ᏥᎸᏔᏧᏍᎬᎢ,
ᏂᎯᎲ ᎬᏬᏏᏙᏓᏍᏏᏗᎵᏍᏗ,
ᏂᎯ ᎦᎬᏬᏕᏂᏍᎰᏍᏗ.

2 ᎦᏩᏗᏛ ᎦᏄᏩ:Ꭲ ᏦᏒ ᏚᏩᏒ
ᎤᎾᏓ:ᏅᏘ ᏚᏍᎦᏄᎵᏅ,
ᎤᏙᏓ ᏅᏭᏍᎩᏄᎢ ᎾᏞ ᎠᏴ
ᎬᏂᎰᏒᎢ ᏂᎬᏗᏉ.

3 ᏱᎰᏩ, ᏳᎮᏛ Ꮭ ᎢᎬᏬᏗᎵ
ᎤᏂᏒ ᏴᎬᎾᎴᏬᎦ,
ᎠᎴ ᎠᏂᏍᏕᎾ ᎯᏕᏘ:Ꮟ Ꭲ ᏥᎵ
ᎥᏝ ᏫᏴᎬᎾᏕᏬᎦ.

4 ᏂᎯᏍᎩᏂ ᏣᏤᎵ ᎠᏓᏗᏄᎢ
ᏧᎩᏒᎵ ᏣᏍᏛ ᎾᏞᏂ;
ᎠᎴ ᏧᏦᏄᎢ ᎰᎰᏍ.Ꭵ ᏬᏃᎢ
ᎬᏬᏏᏙᏓᏍᏏᏗᎵᏍᏗ.

[redacted]

5 ᏱᎰᏩ, ᏣᏓ:ᏅᏙ ᎠᏆᎯᏏᏎᏍᏗ
ᏚᎦᏅᏅ ᏕᏣᎪᏛᎢ,
ᎠᎴ ᎠᏆᏎᎵᎵᏍᏗ ᏂᏁᎯᏄ
ᏗᎦᏄᎾᏍᏓᏁᏗ ᎣᏍᏛ.

HYMN 7. L. M.

Praise to the Creator.

1 ᏱᎰᏩ ᎡᏗᎸᏉᏓ,
ᎠᏴ ᎢᎦᏁᎳᏅᎯ;
ᎡᎳᏂᎬ ᎤᏁᎳᏁ,
ᎠᎴ ᎾᏍᏉ ᎦᎸᎳᏗ.

2 ᎿᏉ ᎢᎦ ᏫᎦᏙᎩ,
ᏌᏛᏁ:Ꭲ, ᎢᎦ ᎤᏙᏤ:Ꭲ;
ᏅᏙᏃ ᎤᏁᎳᏁᎢ
ᏒᏃᏱᏃ ᎡᎯ ᏅᏙ.

3 ᏑᏄᏩ, ᎠᎴ ᏃᏈᏏ
ᏂᎦᏛ; ᎠᏯᏉᎯᏃ
ᎠᎴ ᎦᏓ ᏕᏁᎳᏁ:Ꭲ,
ᏚᏓᏓᎴᎳᏁᎢᏃ.

4 ᎠᎴ ᏂᎦᏛ ᎡᎿᎢ,
ᎠᎾᏓᎾᏏᏂᏙ:ᎯᏃ,
ᎠᎴ ᎠᏂᏃᎯᎵᏙ:Ꭿ,
ᎠᏯᏉᎯᏃ ᎠᏁᎯ,

5 ᏂᎦᏛ ᏕᏁᎳᏁᎢ;
ᎠᎴ ᏴᏫ Ꭴ:ᎵᏍᏆᎸᏗ;
ᎾᏍᎩᏃ ᏂᎦᎥ ᎾᏍᎩ
ᎤᎬᏫᏳ:Ꭿ ᏄᏩᏁᎴ:Ꭲ

6 ᏱᎰᏩ ᎤᏓᏅᏘᏳ;
ᎡᏉᎯ ᎤᏓ:ᏅᏖᏗᏱ,
ᎠᏴ ᎢᎦᏁᎳᏅᎯ,
ᎡᏗᎸᏉᏓ ᎿᏆᏎ.

HYMN 8. 11, 10.

Praise to the Infinite.

1 ᏫᎾᏍᏛᎾ ᎤᏁᎳᏅᎯ ᎡᎲ,
ᏫᎾᏍᏛᎾ ᎤᎵᏂᎩᏗᏳ,
ᏫᎾᏍᏛᎾᏃ ᎠᎦᏔᎿᎢᏳ,
ᏫᎾᏍᏛᎾᏃ ᎤᏓᏅᏘᏳ.

ᏗᎧᏃᎩᏍᏗ.

4 ᎾᏍᎩ ᏫᎾᏍᏛᎾ ᏣᏂᎸ-
ᏂᎦᏗᏳ ᎡᎶᎯ ᎠᏁᎯ;
ᎾᏍᏉ ᏂᎦᏗᏳ ᏫᏓᏂᏃᎩ
ᏣᏍᏛ ᎦᎸᎳᏗᏳ ᎠᏁᎯ.

HYMN 9. 11, 10.

Psalm 146.

1 ᎠᏆᏁᎳᏅᎯ ᏥᎸᏉᏕᏍᏗ
ᏂᎪᎯᎸ ᏦᎶᎯ ᎨᎥᎢ,
ᎬᏩᎳᏕᏍᎬᏃ ᎠᎱᏍᏆᏛᏯ
ᎠᏏᏉ ᏕᏥᏃᎩᏍᏗᏍᎨᏍᏗ
ᎥᏝ ᎢᎸᎯᏳ ᏴᎬᎱᏍᏆᏓ
ᎤᏁᎳᏅᎯ ᏥᎸᏉᏗᏍᎬ:Ꭲ,
Ꮭ ᏂᎪᎯᎸ ᏦᎳᏗ ᎨᎥᎢ,
ᎠᎴ Ꮭ ᎬᏂᏛ ᏗᎨᏒᎢ.

2 ᏜᏙᏃ ᏴᏫ ᏯᏥᏲ:ᎱᏍᎦᏍᏙᏗ
ᎾᏍᏉᏰᏃ ᎤᏂᎬᏫᏳᎯ
ᏂᎦᏛ ᏞᎩ ᏧᏂᏲᎱᎯᏍᏗ,
ᏜᏓᏉ ᏕᎾᎱᏐᎶᎯᏍᏗ;
ᎠᏅᏩᎳᏕᏍᎬ ᎤᎱᏍᏆᏗᏍᏗ,
ᎠᎴ ᏧᎾᎱᏂᎩᏛ ᎨᏒ,
ᏁᏉᏃ ᎠᏎᏉ ᏅᏓᎦ:ᎱᏍᎳᏂ
ᎤᎱᏂᎩᏛ ᎤᏂᏁᏨᎢ.

3 ᎣᏏᏳ ᎢᏳᎱᏍᏓᏁᏗ ᎩᎶ
ᏯᎨᏣ ᎶᎱᏍᎦᏍᏙᏗᏍᎪᎢ;
ᏂᎬᎾᏛᏰᏃ ᎤᏁᎳᏅᎯ,
ᎠᎴ ᏂᎬᎾᏛᎢ ᎠᏁᎯ.

[redacted]

ᎤᏁᎳᏅᎯ ᏫᎾᏍᏛᎾ ᎡᎶᎯ,
ᏫᎾᏍᏛᎾ ᎤᎵᏂᎩᏗᏳ;
ᎾᏍᎩ ᎦᎸᏉᏗᏳ ᎤᏁᏨᎢ
ᎥᏝ ᎠᏎᏉ ᏱᏅᎦᎵᏍᏓ.

[redacted]

4 ᏧᎨᏳᎯᏳ ᏧᏤᎵᎦ ᏴᏫ,
ᎾᏍᎩ ᏜᏏᏳ ᏕᎠᎦᏔᎯ;
ᎬᏩᏂᏆᏘᎯᏍᎩᏂ ᎾᏢᎪ
ᏨᏍᎩᏃᎢ ᏫᏓᎦᏘᏍᎪᎢ.
ᎢᏥᎨᏳᎯ, ᎢᏣᏁᎳᏅᎯ
ᏫᎾᏍᏛᎾ ᎦᎸᎳᏗ ᎡᎶᎯ;
ᎾᏍᎩ ᏦᏩᎯ ᎠᏁᎯ ᏩᏂᏉᏓ,
ᎠᎴᏯ ᎦᎸᎳᏗ ᎠᏁᎯ.

[redacted]

5 ᎠᏴᏃ ᎤᏩᏒ ᏥᎸᏉᏕᏍᏗ
ᏂᎪᎯᎸ ᎡᏣᎯ ᎨᎥᎢ,
ᎬᏯᏔᏕᏍᎬᏃ ᎠᎵᏍᏆᏛᎯ
ᎠᏏᏉ ᏕᏥᏃᎩᏍᏗᏍᎨᏍᏗ
ᎥᏝ ᎢᏉᎯᏳ ᏰᎬᎵᏍᏆᏓ
ᎤᏁᎳᏅᎯ ᏥᎸᏉᏗᏍᎬ,
Ꮪ ᏂᎪᎯᎸ ᎡᎳᏗ ᎨᎥᎢ,
ᎠᎴ Ꮭ ᎬᏂᏛ ᏗᎨᏒᎢ.

HYMN 10. 11s.

Psalm 103.

1 'ᏆᏓᏅᏙ ᏏᏉ ᎯᎸᏉᏓ
ᎤᏓᎵᎵᏣᏘ ᎤᏁᎳᏅᎯ,

[redacted]

ᎠᎴ ᏞᏍᏗ ᏨᎨᏫᏒ ᏂᎦᏛ
ᎣᏏ ᎠᎦᎸᏗ ᏣᏤᎵᏨᎢ.

2 ᏂᎦᏛ ᏣᏍᎦᏅᏨ ᏣᏙᎵᎩ,
ᎠᎴ ᎾᏍᏉ ᏣᏢᎬ ᏣᏅᏫᏍᎩ,
ᎠᎴ ᏂᎦᏛ ᏣᎵᏍᏕᎸᏙᏗ
ᏂᎪᎯᎸ ᏣᎵᏍᎪᎸᏓᏁᎯ.

3 ᏑᏂᎵᏀ ᎤᏔᎳᏯᎯᏍᏗ Ꮵ
ᎤᏓᏙᎵᏣᏛ ᎤᎧᎵᏨᎯ;
ᎦᎸᎶᎢ ᎡᎶᎯ ᏥᏄᎪᎾᏛᏗ
ᎾᏍᎩ ᏦᎨᏩ ᏄᏓᏙᎵᏣᏔ.

4 ᏅᏙ ᏗᎦᎾᏄᎪᎬ ᏅᏙᏃ
ᏭᏕᎵᎬ ᏥᏂᏚᏓᎸ, ᎾᏍᎩ
ᎢᏴᏛ ᏦᎨᏩ ᎢᎩᎮᎡᎸ
ᎤᏣᏘ ᎤᏲ ᎢᎩᏍᎦᏅᏨᎢ.

5 ᎠᎦᏴᎵᎨ ᏧᎾᏍᏗ ᏧᏯᏥ
ᎤᏣᎳᏅᎯ ᏥᏕᎦᏙᎵᎪᎢ,
ᎾᏍᎩᏃ ᎤᎬᏫᏨᎯ ᏦᎨᏩ
ᏂᏕᎦᏙᎵᎪ ᎬᏩᎾᏰᏍᎩ.

6 ᎿᏉ ᎾᏂᎥ ᎨᎦᏁᎳᏅᎯ
ᎦᎸᎳᏗ ᎡᎶᎯᏃ ᎠᏁᎯ
ᎤᏣᏘ ᏩᏂᎸᏉᏓ ᏦᎨᏩ,
ᎾᏍᏉ ᎯᎸᏉᏓ ᎠᏆᏓᏅᏙ.

HYMN 11. 11, 10

Psalm 19.

1 ᎦᎸᎶ ᎬᏂᎨᏒ ᎧᏃᎮᏍ
ᏦᎨᏩ ᎠᏥᎸᏉᏗ ᎨᏒ,

ᎠᎴ ᏓᏏᎾᏌᏂᏳ ᎨᏒᎢ,
ᎠᎴ ᎤᎵᏂᎩᏗᏳ ᎨᏒ.
ᎾᏍᎩᏃ ᎧᏃᎲᏍᎬ ᎠᎾᏛᎩ
ᏂᎦᏛ ᏴᏫ ᏄᎾᏓᎴᏒ,
ᎠᎴ ᎣᏏ ᎠᏃᎵᎦ ᏂᎦᏛ
ᏧᏓᎴᏅᏛ ᏗᏂᏬᏍᎩ.

2 ᎠᏎᏃ ᎧᏃᎮᏛ ᎤᏤᎵᎦ
ᎤᏟᎯᏳ ᎬᏂᎨᏒᎢᏳ
ᏂᎬᏁᎭ ᎠᏴ ᎢᎪᎵᏍᏗᏱ
ᏄᏍᏛ ᎡᎲ ᎢᎦᏁᎳᏅᎯ.
ᎾᏍᎩ ᎧᏃᎮᏛ ᎢᎨᏲᎲᏍᎦ
ᏱᎰᏩ ᏄᏍᏛ ᎠᏓᏅᏖᏍᎬ:Ꭲ.
ᎠᎴᏬ ᎦᏅᏅ ᎢᎦᏎᎮᎭ
ᎢᎦᏕᏙᏍᏗᏱ ᎤᏰᏄᏅ:Ꭲ.

3 ᎠᎴ ᎬᏂᎨᏒ ᎢᎩᏃᏁᎭ
ᎠᏍᎦᎾ ᏴᏫ ᎤᏍᏛᏗᏍᏗᏱ,
ᎤᏓ:ᏅᏘᏃ ᏱᎰᏩ ᎤᎨᏳᎯ
ᏙᎯ ᎢᏳ:ᎵᏍᏓᏁᏗ ᎨᏒᎢ.
ᎠᎴᏬ ᎾᎿ ᎢᏓᏙᎴᎰᏍᎦ
ᏥᏌ ᎢᎩᏲᎱᎯᏎᏄᎢ,
ᏱᎰᏩᏃ ᏧᏚᏙᎵᏍᏗ ᎨᏒ
ᎦᎶᏁᏛ ᎬᏬᎯᏳᏗᏍᎩ.

4 ᎠᎩᎨᏳᎯ ᎣᏍᏛ ᎧᏃᎮᏛ
ᎠᏆᏁᎳᏅᎯ ᎤᏤᎵᎦ,
ᏅᏃ:Ꭿ ᎦᏄᏩ ᏫᎦᎾᏄᏁᎩ
ᎤᏁᎩᏳ ᎠᎩᏅᎾᏁᏄ,

ᏣᏁᎳᏅᎯ, ᎬᏯᎵᎡᎵᏤ
ᏣᏁᏨ ᎰᏍᏆᏒᏚᎶᎳᏅ;
ᏂᎪᎯᎸᎪᎦ ᏍᏇᏲᏱᏍᎨᏍᏗ
ᎾᏍᎩ ᎠᎩᏍᏆᏂᎪᏙᏗᏱ.

HYMN 12. 11, 10.

Holy, holy, holy is the Lord God Almighty

1 ᎦᎸᎳᏗ ᏦᏒ ᎤᎵᏙᎯᏍᏗ
ᎤᏁᎳᏅᎯ ᏂᎬᎾᏛᎢ;
ᎤᏂᏣᎳᏅᎯ ᎾᎿ ᎠᏁᎯ
ᎢᎬᏱᏢ ᏓᎾᏓᏅᎥᏍᎦ;
ᎠᏍᏓᏱᏳᏃ ᎯᎠ ᎾᏂᏪᎠ;
ᎦᎸᏉᏗᏳ, ᎦᎸᏉᏗᏳ,
ᎦᎸᏉᏗᏳ ᏱᎰᏩ ᏚᏙᎥ
ᏫᎾᏍᏛᎾ ᎤᎵᏂᎩᏗᏳ.

2 ᎾᏍᎩ ᎦᎸᎶ ᎠᏁᎯ ᎾᏂᏪᎠ
ᏫᎾᏍᏛᎾ ᎢᎦ ᏗᎨᏒᎢ,
ᎤᏁᎳᏅᎯᏃ ᏓᏂᏃᎩᏍᏗᏍᎬ
ᎤᏣᎳᏅᎯ ᎠᎾᎵᎮᎵᎦ.
ᎠᏴ ᎾᏍᏉ ᎾᏍᎩ ᏂᏗᏪᏍᎨᏍᏗ
ᎦᎸᏉᏗᏳ, ᎦᎸᏉᏗᏳ,
ᎦᎸᏉᏗᏳ ᏱᎰᏩ ᏚᏙᎥ
ᏫᎾᏍᏛᎾ ᎤᎵᏂᎩᏗᏳ.

HYMN 13. L. M.

Holy, holy, holy is the Lord God Almighty.

1 ᏱᎰᏩ, ᎢᏨᎸᏉᏗᎭ,
ᎠᎣ ᏲᏂ ᏁᎦ ᏂᎦ
ᏨᏒᎯᏳ ᏣᎬᏫᏳᎯ
ᎾᏂᎥ ᎤᎾᏤᎵᎦ

2 ᏂᎯ ᎦᎸᎳᏗ ᎠᏁᎯ
ᎾᏂᎥ ᎨᏣᎸᏉᏗᎭ,
ᎾᎵᏍᏆᏗᏍᎬᎾᏃ ᎯᎠ
ᎠᏍᏓᏱᏳ ᎾᏂᏪᎠ;

3 ᎦᎸᏉᏗ, ᎦᎸᏉᏗ,
ᎦᎸᏉᏗᏳ ᎨᏎᏍᏗ
ᎤᎬᏫᏳᎯ ᏱᎰᏩ,
ᏂᎦ ᎤᎵᏂᎩᏗᏳ!

4 ᎠᏂᏃ ᎡᎶᎯ ᎾᏍᏉ
ᎨᎶᎨᏳᎯ ᎾᏂᎥ
ᎾᏍᎩᏌᏉ ᎾᏂᏜᎠ;
ᎠᎴ ᎾᏍᎩᏌᏉ ᎠᏴ.

5 ᎦᎸᏉᏗ, ᎦᎸᏉᏗ,
ᎦᎸᏉᏗᏳ ᎨᏎᏍᏗ
ᎤᎬᏫᏳᎯ ᏱᎰᏩ,
ᏂᎦ ᎤᎵᏂᎩᏗᏳ!

HYMN 14. C. M.

God All in all.

1 ᎬᎨᏳᎢ ᏛᏆᏁᎳᏅᎯ
ᏂᎯ ᏣᎡᎯᏳ
ᎦᎸᎳᏗ ᎠᎴ ᎡᎶᎯ
ᎬᏌᏚᎵᏛᎪᎢ.

2 ᎠᏎᏉᏉ ᎰᏆᏓᎴ
ᎪᎱᏍᏗ ᏂᎦᎥ:
ᎥᏝ ᏅᏩᏙᎯᏯᏛ
ᎬᎩᏁᏗ ᏥᎩ.

3 ᏧᎬᏩᎶᏗ ᎶᎩᎭ
ᏛᎩᏁᎭ ᏣᎡᎯᏳ,
ᏣᎡ ᎠᎴ ᏕᏍᎩᎧᏁᎭ
ᎾᏍᏉ ᏗᏆᎵᎢ.

4 ᎠᏎᏃ Ꮭ ᏗᏆᎵᎢ,
ᎠᎴ ᎪᎱᏍᏗᏉ
ᏗᎬᏟᎶᏍᏙᏗ ᏥᎩ
ᎠᏆᏁᎳᏅᎯ.

5 ᎾᏍᏉ ᎡᎶᎯ ᏂᎬᏗ
ᎠᏆᏤᎵ ᏥᎩ,
ᏃᏊᏏ ᎠᎴ ᎶᏂᎧᏔ
ᏗᏆᏤᎵ ᏥᎩ.

6 ᎠᏎ ᎠᏴ ᏂᎦᏗᏳ
ᎠᏎᏉᏉ ᏥᎩ,
ᎢᏳ ᏂᎯ ᎠᏆᏤᎵ
ᏂᎨᏒᎾ ᏥᎩ.

7 ᏂᎯᏍᎩᏂ ᏣᎡᎯᏳ
ᎠᏆᏤᎵ ᏥᎩ,
ᎥᏝᏃ ᏯᏉ ᎪᎱᏍᏗ
ᏣᎬᏆᏚᎵᎭ.

HYMN 15. L. M

Greatness and Condescension of God.

1 ᎤᎶᏐ ᎦᎸᏉᏗᏳ
ᎠᎴ ᎤᎾᏰᎯᏍᏗᏳ

ᎦᎸᎳᏗ Ꭴ:ᏓᏙᎯᏍᏗ
ᏱᎰᏩ ᎤᏁᎳᏅᎯ.

2 ᎢᎨ ᏑᎵ ᎦᎳᏍᎬᎢ
ᎡᎳᏗ ᎾᎾᏛᏁᎲ
ᎾᎿ Ꭰ ᏝᏗ ᏂᎦᏛ,
ᎤᏣᏘ ᎠᏂᎾᏲᏍᎦ.

3 ᎾᏍᏉ ᎬᏩᏂᏆᏘᎯ
ᎠᏂᏍᎩᎾ ᏂᎪᎯᎸ
ᎣᏣᏘ ᎠᏂᏍᎦᎢᎲ
ᎣᏓᏂᎩᏗᏳ ᎨᏒ:Ꭲ.

4 ᎤᏁᎳᏅᎯ ᎧᏁᎪᎢ,
ᎡᎶ:Ꭿ ᎤᏬᎾᏫᏍᎪᎢ;
ᎾᏍᎩ ᎬᏬᎳᏕᏍᎪᎢ,
ᎠᏫᏉ Ꭰ:ᏓᏴᏈᏪᏍᎪ:Ꭲ.

5 ᎾᏍᎩ ᏂᎦ ᎡᏉᎯᏳ!
ᎾᏍᎩ ᏂᎦ ᎦᎸᏉᏗ:Ᏻ
ᏂᎦ ᎤᏓᏂᎩᏗᏳ!
ᏂᎦ ᎤᏪᏲᎯᏍᏗᏳ!

6 ᏥᎪᏃ ᏰᏝ ᏱᎰᏩ
ᎡᎳᏗᏳ ᏬᎾᏛᎦ?
ᎡᏙᏓ ᏬᏂᎦᏓᏍᏓ?
ᎠᏴ ᎠᏇᏥ ᏍᏉᏏ?

7 ᏂᎦ ᏣᏓᏙᏓᎶᏔ,
ᎡᏙᏓ ᏣᏁᎳᏅᎯ!
ᏂᎪᎯᎸ ᎬᎸᏉᏗ:Ꮂ!
ᏂᎪᎯᎸ ᎬᎨᏳᎢ:Ᏻ!

HYMN 16. 8, 7.

The same. Psalm 8.

1 ᏱᎰᏩ ᏣᎬᏫᏳᎯ
ᎦᎸᎳᏗ ᏗᏦᎳ,
ᏕᏣᏙᎥ ᎦᎸᏉᏗ:Ᏻ
ᎤᎧᏓᏨᎯ ᎡᎶ:Ꭿ;
ᎾᏍᏉ ᎦᎸᎳᏗ ᏦᏒ
ᏂᎬ ᏕᏣᎸᏌᏛ;
ᎤᏰᎢᏍᏗ ᏂᎨᏒᎾ
ᎡᏣᎸᏉᏗ ᎨᏒ:Ꭲ.

2 ᎢᏳᏃ ᏕᎦᎦᏅᎦ
ᏕᏣᎸᎾᏍᏓᏁᎸ Ꭲ
ᎦᎸᎶ ᏥᏃᏍᏗᏓᎾ,
ᎤᏍᏆᏂᎪᏗ ᏥᎩ,
ᎬᏂᎨᏒ ᏥᎪᏩᏛ
ᏅᏙ ᏒᏃᏱ ᎡᎯ,
ᎤᏓᏏᎬᎢ ᏒᏃᏱ
ᎢᎦᎯ:Ᏻ ᎢᎬᏁᎯ.

3 ᏕᏥᎪᏓᏯ ᏃᏈᏏ
ᎤᏁᎳᏅ:Ꭿ ᎦᏨᏍᏛ;
ᎿᏉ ᎠᏆᏓᏅᏛᎢ
ᎯᎠ ᎾᎩᏪᏎᎨ:Ꭲ;
ᏱᎰᏩ, ᎦᏙᎢ ᏴᏫ,
ᎪᏍᎦ ᎾᏍᎩᏯ ᏥᎩ,

ᎠᏛ ᎾᏍᏉ ᏥᏍᎪᏴᏉ
ᏗᎾᏤᎸᏛ ᏥᎩ?

4 ᏱᎰᏩ, ᏚᏙᏃ ᏴᏫ,
ᏥᏂᏚᎢ ᏥᎨᏳᎠ?
ᏗᏂᏬᏞᏩᏗᏙᏗ
ᏔᎵᏁ ᏗᏍᏛᏗ;
ᎠᏂᏃ ᎡᎶᎯ ᎨᏒᎢ
ᎤᎬᏫᏳ: ᎯᏂᏴᏫ;
ᏂᏚᎢ ᎡᎶᎯ ᎡᎯ
ᎤᏤᎵ:Ꮪ ᏂᏴᏁᎸ.

5 ᏂᏚᎢ ᎯᎸᏉᏔᏅ
ᏴᏫ ᎡᎶᎯ ᎨᏒᎢ;
ᎠᏗᎾ ᏫᎾᏍᏛᎾᏉ
ᏣᏚᏙᎥᏛᎢ.
ᏣᎬᏫᏳ:Ꭿ, ᏂᎪᎯᎸ
ᎠᏍᏚᏖᏍᏗ ᎠᏴ
ᏣᎾᏚᎯᏍᏛᎢ ᎠᏛ
ᏣᏚᏙᎥᏛᎢ.

ᏱᎰᏩ ᎢᎩᏍᏕᎸᏍᎩ,
ᎡᏗᎨᏳᏎᏍᏗ.

HYMN 17. C. M.

Praise and Love.

1 ᏱᎰᏩ ᎤᏁᎳᏅᎯ,
ᎡᏗᎸᏉᏗᏍᏗ;
ᎠᏴ ᎢᏚᏁᎳᏅᎯ,
ᎡᏗᎨᏳᏎᏍᏗ.

2 ᎣᏍᏛ ᏚᎸᎳᏗ ᏂᎯ,
ᎡᏗᎸᏉᏗᏍᏗ;
ᏱᎰᏩ ᎢᎩᏍᏕᎸᏍᎩ,
ᎡᏗᎨᏳᏎᏍᏗ.

3 ᎤᏣᏘ ᎤᎵᏂᎩᏛ,
ᎡᏗᎸᏉᏗᏍᏗ;
ᎾᏍᎩ ᎤᏓᏙᎵᏣᏘ,
ᎡᏗᎨᏳᏎᏍᏗ.

4 ᏫᎾᏍᏛᎾ ᎡᎯ, ᎾᏍᎩ
ᎡᏗᎸᏉᏗᏍᏗ;
ᎾᏍᎩ ᎢᎩᏙᎵᏨᎯ,
ᎡᏗᎨᏳᏎᏍᏗ.

5 ᎡᏆᏂᎬ ᎤᏁᎳᏅ,
ᎡᏗᎸᏉᏗᏍᏗ;
ᎤᏪᏥ ᎢᎩᏩᏁᎸ,
ᎡᏗᎨᏳᏎᏍᏗ.

6 ᏚᎸᎳᏗ Ꮷ:ᎵᏙᎯᏍᏗ..
ᎡᏗᎸᏉᏗᏍᏗ,
ᎾᏞ ᏙᏓᏚᏘᏁᏏ,
ᎡᏗᎨᏳᏎᏍᏗ.

HYMN 18. S. M.

"Come we that love—"

1 Ꭳ ᎡᏗᎨᏳᎢ
ᏚᎸᎳᏗ ᎡᎯ,
ᎡᏓᎵᎡᎵᏤᏍᏗ
ᏕᏗᏃᎩᏍᏗᏍᎬᎢ.

2 ᎢᎦᏁᎳᏅᎯ,
ᎣᎾᏍᏛᎾ ᏤᎭ,
ᎿᏉ ᎠᏎ ᎢᎩᏙᏓ
ᎠᎴ ᎢᎦᎵᎢ.

3 ᏧᏁᏤᎵᏓᏍᏗ
ᏙᏓᎧᏁᏤᎵ,
ᏙᏓᎨᎦᏒᏁᏴᏃ
ᏭᏬᎸ ᏦᏒᎢ

4 ᎿᏉ ᎦᎸᎳᏗ
ᏓᏱᏗᎪᏣᏛᎯ,
ᎠᎴ Ꮭ ᏂᎪᎯᎸᎢ
ᏰᎨᏗᏍᎦᏅᎩ.

5 ᎾᎿ ᏂᎪᎯᎸ
ᎾᎵᏍᏆᏗᏍᎬᎾ
ᎡᏓᎵᎡᎵᏤᎵᏍᏗ
ᎢᎩᏙᎵᏨᎯ.

6 ᎣᏂᎩᎷᏨᎾ
ᎠᏴ ᎾᎿ ᏥᎩ,
ᎡᏓᎵᎡᎵᏤᎵᏍᏗ
ᎤᏚᎩ ᎢᎬᏒ

7 ᏕᏗᏃᎩᏍᎨᏍᏗ;
ᎠᎴ ᏂᎪᎯᎸ
ᏧᏓᏌᎧᎯ ᎨᏎᏍᏗ
ᏕᎦᏓᏅᏛᎢ.

8 ᏱᎨᏣ ᎤᏤᎵ
ᏚᏓ ᏕᎦᎳᏍᎦ,
ᏧᏪᏅᏒ ᎦᎸᎳᏗ
ᎣᎦᎾᏄᎪᎩ.

HYMN 19.

Trust in God. Ps. 27.

ᎯᎠ ᎡᎳᏗᎵ ᏗᎧᏃᎩ-
ᏍᏗ ᏥᎪᏪᎳ ᏩᏔᎩ Ꭴ-
ᎾᎴᏅᏔᏅᎯ ᎤᏃᏪᎳᏅᎯ.

1 ᎤᏁᎳᏅᎯ ᎧᎩᎾᏝᎢ,
Ꮭ ᏰᎦᏥᏍᎦᏍᏓ;
ᎾᏍᏉ ᏂᎦᏛ ᎡᎳᏂᎬ
ᏱᎬᎩᏂᏆᏗᎭ
ᏴᏉ ᏙᎯ ᏱᎩ.

2 ᏌᏉ ᎪᎱᏍᏗ ᏥᏪᏚᎸᎡ
ᎤᏁᎳᏅᎯ, ᎾᏍᎩᏃ .
ᏙᏓᏥᎦᎿᏣᏕᏴ;
ᎠᏁᎲ ᏧᎾᏁᎶᏗ
ᎠᏆᏚᎳᏗᏍᏗᏱ.

3 ᎤᎦ ᏐᎾᏆᎵᏍᏓᏁᎸ
ᎤᏁᎳᏅᎯ ᏍᎩᏍᏕᎸ;
ᏕᏥᏃᎩᏍᏗᏍᎨᏍᏗᏃ
ᎤᏣᏘ ᏅᏍᏉ ᏂᏣᏛᏁᎸ
ᎦᎸᎳᏗ ᎡᎯ.

4 ᏓᏍᏗ ᏅᏗ:Ꮁ.ᏗᏍᎦᏔᏁᏍ
ᏍᎩᏍᏆᏂᎪᏗᏅᎩ,
ᎾᏍᏉᏃ ᏓᏍᏗ ᏍᎦᏕᏯ
ᏜᏏ ᏂᏍᎦᏣᏕᎬᎢ
ᎦᏍᏔᏗ ᎲᎯ.

5 ᎡᏙᏃ ᎡᏥ ᎾᏍᏉ
ᏲᎬᏆᏙᎢᏅ,
ᎤᏁᎳᏅᎯ ᏍᎩᏍᏆᏂᎪᏔ;
ᏣᏆᏎ ᏧᎩᎾᏝᎢ
ᎦᏍᏔᏗ ᏖᎯ.

6 ᎯᏍᏓᏡᎦᏍᏙᏔ ᏣᏁᏔ-
ᎠᏎ ᏔᏯᏙᏝᏥᏉ, ᏅᎯ,
ᏂᏍᎦᎢᏯᎾᏉ ᎨᏎᏍᏗ,
ᏲᏍᎦᏣᏩᏕᏅᏉ
ᏴᏯᏍᏆᏂᎪᏔᏉ.

HYMN 20. L. M.

Trusting in God. The dividing of the waters.

1 ᏣᏁᎳᏅ, ᎯᏍᎧᏍᎩ
ᏅᏩᏙᎯᏍᏛ ᎡᏉ;
ᏂᎯ ᎯᏍᏛᏂᏙᎯ
ᏙᎯᏐᏉ ᎡᏙᎵᎢ.

2 ᎡᏍ ᏗᏣᎮᏝ ᏰᎣ
ᎠᏲᏉᎯ ᎤᏩᏟᎢ
ᏣᏂᏙᎾᎡ, ᎤᏣᏍ
ᏔᏉ ᏥᏚᏂᎾᏒᎢ,

3 ᎢᎬᏲᏢ ᏧːᏝᏍᏆᎾᏧ
ᎠᏠᏲ, ᏑᏂᏗᏢᏃ
ᎾːᏂ ᎨᏩᏂᏍᎦᎩ
ᎡᏂᏳ ᏕᏗᎾᎢᏎ,

4 ᏔᏉ ᎠᏠ ᏊᏰᎦᏁ
ᎯᏁᎬ, ᏣᏁᎳᏅᎯ,
ᎠᏠ ᎤᏬᎯᏳᏁᎢ—
ᎠᏠ ᏔᏝ ᏄᏙᏯᎢ.

5 ᎾᏍᏉ ᎡᏉᏂ ᏦᏥ
ᎢᎬᏲᏢ ᏧːᏝᏍᏆᎾᏧ,
ᏔᏉ ᎡᏉᏂ ᎤᏌᏰ
ᎤᏬᏱᏰ ᏄːᏝᏍᏔᏁᎢ.

6 ᏂᎯ ᏍᎩᏍᏆᏂᎪᏗᏍ
ᎨᏎᏍᏗ, ᏣᏁᎳᏅᎯ,
ᎢᏝ ᏔᏉ ᎢᏄᎯᏳ
ᎪᎱᏍᏗ ᏰᎦᏥᏍᎦᏍᏕ

HYMN 21. 12, 9.

The Good Shepherd. Psalm 23

1 ᎠᎴ ᏗᎦᏍᏆ ᏥᏙᏍᏂᏈᎢ
ᎤᏂᏃᏕᎾ ᏧᏤᏝᎦ,

ᎾᏍᎩᏯ ᏱᎰᏩ ᎠᏆᎯᏂᏛᎢ,
ᎠᎧᏰᏃ ᎤᏤᏝ ᎠᏴ.

2 ᎢᏤ ᎦᏄᏄᏒ ᎠᏆᎯᏁᎪᎢ,
ᎾᏏᏃ ᎦᏂᏴᏓᏍᎪᎢ;
ᎠᏎᏃ ᏦᏍᏛ ᏕᎦᏄᎪᎬ ᎾᏏ
ᏅᏩᏙᎯᏍᏛ ᎨᏙᎰᎢ.

3 ᎢᏳ ᏍᏆᏛᎾᏄ, ᎠᎩᎦᎯᏍ
ᎤᏁᎳᏅᎯ ᎠᎩᏒᎨᎢ,
ᏧᏤᏝᏃ ᏕᎦᏅᏅ ᏚᏳᎪᏛ
ᏔᏝᏁ ᎠᏆᎯᏁᎪᎢ.

4 ᎢᏳ ᏒᏃᏱ ᎤᎵᏏᎬ ᏱᎨᏙᎲ,
ᎠᏏ ᎥᏝ ᏰᎦᏥᏍᎦᏍ;
ᎥᏝ ᎪᎱᏍᏗ ᎤᏒ ᏴᎬᎩᎷᏥ,
ᏱᎰᏩ ᏣᎩᏍᎧᏍᎪᎢ.

5 Ꮭ ᎪᎱᏍᏗ ᎢᏄᎯᏳ ᏍᏆᏞᏓᏍᏘ,
ᏧᏍᏛᏛ ᏥᎪᏩᏘᏍᎨᏍᏗ,
ᏱᎰᏩᏰᏃ ᎤᏤᏝ ᎠᎧ ᎠᏴ,
ᎠᏛ ᎾᏍᎩ ᎠᎩᎦᎯᏍ.

HYMN 22. 11s.

1 ᎤᏁᎳᏅᎯ ᎯᎳᏒᏴ ᏧᏍᏛ
ᎢᏣᎵᏍᏕᏁᏗᏱ ᎠᏂ ᎲᏓᎢ,
ᎯᎠᏰᏃ ᎢᏳᏩᏛ ᎤᏁᏨ,
ᎠᏆᏕᏙᎵᏲᏔ, ᏍᏛᏁᎢ.

2 ᎢᏳᎪᎦ ᎠᎩᎳᏅᏎᎮᏍᏗ
ᎣᏍᏛ ᎢᏳ ᎵᏍᏓᏁᏗᏱ ᎡᏑᎢ,
ᏥᏍᏕᎸᏗ ᎨᏎᏍᏗ ᏂᎪᎯᎸ
ᎠᏴ ᏥᏯᏁᏔᏅᎯ, ᎤᏛᏁᎢ

3 ᏂᏣᏓᎴᏒᏉ ᎡᏥᎳᏅᏓ
ᎦᎸᎳᏗ ᎡᎯ ᎢᎩᏍᏕᎵᏍᎩ
ᏅᏬᏙᎯᏍᏛ ᎢᏨᏁᏗᏱ
ᎠᏂ ᎡᎳᏗ ᎨᏒ ᎢᏤᏑᎢ.

4 ᎢᏳᏃ ᎡᏥᎨᏳᎢ ᎨᏎᏍᏗ
ᎦᎸᎳᏗ ᎡᎯ ᎢᎩᏍᏕᎵᏍᎩ,
ᎠᏎ ᏦᏒ ᏫᏥᎾᎸᎪᎢᏍᏗ,
ᎾᏏᏃ ᏫᏤᎮᏍᏗ ᏂᎪᎯᎸ.

HYMN 23. 6, 6, 8.

The Lord's Prayer.

1 ᎦᎸᎳᏗ ᎮᎯ,
ᎣᎩᏙᏓ ᏂᎯ,
ᎡᏣᎸᏉᏗ ᎨᏎᏍᏗ;
ᎠᏂᏃ ᎡᏣᎯ
ᏫᎦᎾᎸᏙᎩ
ᏣᎬᏫᏳᎯ ᎨᏒᎢ.

2 ᎠᏂ ᏫᏂᎦ:ᎵᏍᏓ
ᏭᏓᏅᏖᏍᎬᎢ,
ᎦᎸᏣ ᏥᏂᎦ:ᎵᏍᏗᏭ.
ᎣᎦᎵᏍᏓᏴᏗ
ᏂᏓᏙᏓᏆᏒ
ᎠᏴ ᏍᎩᏯᏁᎸᏍᎨᏍᏗ.

3 ᏍᎩᏯᏁᏔᏅᎯ,
ᏍᎩᏯᏙᎵᎨᏍᏗ
ᏂᎦᏛ ᎣᎩᏍᎦᏅᏨ;
ᎠᏴᏰᏃ ᎾᏍᏉ
ᏙᏥᏙᎵᎪᎢ
ᎪᎩᏯᎦᏅᏤᎯ ᏂᎦᏛ.

4 ᎠᎴ ᎾᏍᏉ ᏞᏍᏗ
ᎤᏓᎴᎾᏍᏗᏱ
ᏫᏗᏍᎩᏯᏘᏅᏍᏔᏅ,
ᏂᎪᎯᎸᏍᎩᏂ
ᏂᎦᎥ ᎠᏍᎦᏂ
ᏍᎩᏅᏍᏙᏓᏁᎮᏍᏗᏉ.

5 ᏣᏤᎵᎦᏰᏃ
ᏣᎬᏫᏳᎯ ᎨᏒ,
ᏣᎵᏂᎩᏗᏃ ᎨᏁ,
ᎡᏣᎸᏉᏗᏃ
ᎨᏒ ᏂᎪᎯᎸ.
ᎾᏍᎩᏉ ᏫᏂᎦ ᏍᏓ.

5 ᎢᏳ ᎠᎴ ᏛᏍᏢᏂ
ᎤᎵᏏᎩ, ᏍᏆᏛᏅ,
ᎾᏍᏉ ᎤᎵᏏᎩ ᎨᏒᎢ
ᎢᎦᎯᏳᏉ ᏱᎩ.

6 ᏞᏍᏗ ᎬᏍᎦᏅᏤᎸᎩ;
ᏝᏰᏃ ᎯᎸᎯᏢ
ᏴᎦᎬᏍᏗᏍᎦᎳᏏ,
ᏣᎾᏰᎯᏍᏗ ᏂᎯ.

HYMN 24. 8, 7.

Psalm 139.

1 ᏱᎰᏩ, ᏣᏁᎳᏅᎯ,
ᎭᏢ ᏮᏓᏥᎶᏏ
ᏓᎬᏍᏗᏍᎦᎳᏁᎵ?
ᏣᎾᏰᎯᏍᏗ ᏂᎯ.

2 ᎢᏳᏰᏃ ᎦᎸᎳᏗ
ᏱᎾᏆᏛᏁᏔᏅ,
ᎾᎿ ᏱᏍᎩᎪᏩᏘᎭ,
ᎾᎿᏰᏃ ᏗᏦᎳ.

3 ᏧᏂᏲᎱᏒᎯ ᏗᏁᏯᎢ
ᎾᏍᏉ ᏱᏁᎩᏳᏒ,
ᎠᏏᏉ ᏱᏍᎩᎪᏩᏘᎭ,
ᏂᎬᎾᏛᎢ ᏢᎯ.

4 ᎠᏂᏉᎯᏃ ᏩᏍᏛᎢ
ᎢᏳ ᏱᏩᏆᏕᏅ,
ᎾᎿ ᏱᏍᏆᏘᏂᏙᎭ
ᎠᎴ ᏱᏙᏍᎩᏂᏴᎭ.

HYMN 25. L. M

Psalm 139

1 ᏱᎰᏩ ᏍᏆᏛᏁᎳᏅᎯ,
ᎠᏴ ᏍᎩᎪᎵᏰᎥᎯ,
ᎠᎴ ᏍᎩᎦᏙᎥᏒᎯ,
ᎠᎴ ᏧᏏ ᏍᎩᎦᏔᎭ.

2 ᎠᏉᎸᎢ ᎯᎦᏔᎭ
ᎠᎴ ᏕᎦᎴᎥᏍᎬᎢ;
ᎸᏍᏛᏃ ᎦᏓᏅᏖᏍᎬᎢ
ᏂᎪᎯᎸ ᎨᎵᎪᎢ.

3 ᎠᎴᏬ ᏕᏣᏚᏫᏍᏗ
ᎠᏇᏓᏍᏗᏱ ᏂᎦᎥ,
ᎠᎴᏬ ᎯᎦᎳᎯᏳ
ᎨᏙᏯ ᏂᎪᎯᎸᎢ.

4 ᎥᏝ ᎾᏍᏉ ᏯᏉᎤᏅ
ᎢᏜᎩᏁᏨᎯ ᏂᎯ
ᏂᎦᏔᏌᎾ ᏐᎨᏎ,
ᏂᎬᎾᏛ ᎯᎦᏔᎯ.

5 ᏂᎪᎯᎸ ᎯᏍᎩ ᎯᎠ
ᎸᏍᏕᏍᏗ ᎦᏓᏅᏖᏍᏗᎬᎢ,
ᎠᎩᏍᎦᏅᎢᏍᏗ ᏱᏃ
ᏓᏍᏗ ᏜᏉᎯᏀᏁᏍᏗ;

ᏂᎦᎥᏰᏃ ᎰᏙᏌ
ᎤᏁᎳᏅᎯ ᎡᏙᏓ.

HYMN 26. 8, 7, 4.

Guide me, Jehovah.

1 ᏍᎢᏧᏂᏎᏍᏗ, ᏱᎰᏩ,
ᎡᎳᏗ ᎦᎢᏒᎢ;
ᏥᏢᏩᎾᎦᎵᏀ ᎠᏴ,
ᏩᎵᏂᎩᏗ ᏂᎯ.
ᏂᎪᎯᎸ
ᏍᎩᏍᏕᎵᏍᎨᏍᏗᏲᎪ.

2 ᏅᏯᏗ ᎦᎸᎪᎬᎢ
ᎠᏅᏯ ᏍᎩᏍᏚᏆᏏ;
ᎠᎰᎸᏃ ᎤᏮᎩᎸ
ᎢᎬᏌ ᎠᎢᏎᏍᏗ.
ᏍᎩᏍᏕᎵᏍᎩ
ᏗᏍᎩᎦᏝᏩᏗᏏ.

3 ᎦᎳᏏᏅ ᎤᏩᏝᎥ
ᏦᏓᏂ ᎤᏪᏴᎢ,
ᏍᎩᏲᎯᏍᏓᏁᎸᏉᏃ
ᎠᏇᎵᎯᏍᏗᏍᎬᎢ;
ᏍᎩᏍᏕᎵᏍᎩ,
ᏙᎯ ᏕᏍᎩᏯᏍᏔᏅ.
ᏂᎪᎯᎸ
ᏙᏓᎬᏃᎩᏍᏔᏂ.

HYMN 27. C. M

Prayer for the Spirit

1 ᏍᎢᏁᎳᏅᎯ ᏨᏒᎯ
ᏍᎢᏁᎸᏍᎩ ᏌᏍᏛ,
ᎩᎳᎯᏉ ᎬᏔᏲᏎ
ᏣᏓᏅᏙ ᏌᏍᏛ.

2 ᏍᏉᏢᎯᏯᏏᏉ ᎿᏉ
ᎠᎢᏓᏅᏙᎩ,
ᏓᏍᏗ ᎠᎢᏛᎾᏍᏔᏅ,
ᎠᏓᏛᎾᏍᏗᏍᎩ.

3 ᎠᏛᏯ ᏧᏅᏏᏓᏍᏗ
ᏕᏓᎨᏅᏰᏍᏗ
ᎠᏂ ᎦᏛᏂᏙᏌᎢ;
ᏍᎩᏙᎵᎨᏍᏗᏉ.

4 ᎿᏉ ᎠᏎ ᏂᎪᎯᎸ
ᎬᏜᎵᏍᎦᏍᏙᏗ.

ᏞᏍᏗ ᎠᎩᎴᏏᏍᏔᏅ,
ᎦᎸᎳᏗ ᎮᎯ.

5 ᏂᎪᎯᎸ ᎬᎸᏉᏗ
ᏃᏒ ᏍᎩᏙᎴᏨ,
ᎦᎸᎳᏗᏃ ᎬᏗᏍᎩ
ᎬᎸᏉᏗᏍᎨᏍᏗ.

HYMN 28. C. M.

Prayer for Divine assistance.

1 ᏑᎨᏩ ᏍᎩᏍᏕᎴᏍᎨ-
ᏦᏥᏩᎾᎦᏔ, [ᏍᏗ
ᎢᏨᎨᏳᎢ ᎨᏒᎢ
ᎠᎴᏂᎪᏍᎨᏍᏗ.

2 ᏍᎩᏯᏁᎳᏅᎯ ᏨᏒ
ᏕᏨᏯᏁᎶᏗ,
ᏧᎩᏍᏕᎴᏍᎩᏃ ᎾᏍᏉ
ᏧᏥᎨᏳᎢᏳ.

3 ᎤᎴᏍᏆᎸᏗ ᎢᎦ ᎨᏒ
ᏧᎩᏯᏅᎨᎸ
ᎠᏂ ᎤᏰᎢ ᏧᏤᏓ
ᏙᏏᏰᎩᏰᏏ.

4 ᏦᏒ ᏁᏉ ᏂᎪᎯᎸ
ᎢᎦ ᏗᎨᏒᎢ
ᏪᏤᎮᏍᏗ ᏧᎦᎴᎢ
ᏍᎩᏯᏙᎴᏨᎯ.

HYMN 29. L. M.

The broad and narrow way.

1 ᏅᏃᎯ ᎠᏯᏖᏂᏳ
ᏨᏍᎩᏃ ᏫᎦᏅᏅᎢ;
ᎤᏂᎶᎳᏃ ᎾᏁᏂ
ᏴᏫ ᎤᎾᏕᏙᏩᏗ.

2 ᏥᏌᏍᎩᏂ ᎢᎦᏎᎮ
ᎠᏯᏙᎴ ᎦᏅᏅᎢ,
ᎠᏁᏙᎲᏍᎩᏂ ᎾᏁ
ᎢᏗᎵ ᎠᏂᎦᏰᎴ.

3 ᏍᎩᏯᏏᏩᏚᎦ ᎠᏗᎲ
ᎨᏩ ᎢᎶᏚᎴᏍᎨᏍᏗ
ᎦᎸᎳᏗ ᏙᎯ ᏦᏒ
ᎢᏨᏯᎴᏍᎪᎸᏏᏁᎸ.

4 ᏕᏥᏰᏍᎨᏍᏗ ᎡᎶᎯ
ᎠᏎ ᏂᎦᏗᏳ ᎤᏟ
ᎢᏥᏑᎸᎯ, ᎠᏗᎲ
ᏫᏁᎬ ᎢᎩᏍᏕᎴᏍᎩ

5 ᎩᎶ ᏧᏯᏜᎢᏍᏗᏳ
ᏳᏑᎸ ᎤᏁᎳᏅᎯ
ᎤᏤᎴ ᎠᏍᏏᏩᏗᏒᎢ,
ᎠᏎ ᏲᎠᏰᎴᎪᎦ.

6 ᎤᏑᎾᏍᏗᏍᎩᏂ ᎾᏍᎩ
ᎤᏏᏅᏧᏉ ᏅᏤᎸᎯ;

ᎤᏒᏃ ᎢᏳ᎓ᏚᏍᏏᏁᏗ
Ꮭ ᎣᏜᏏᏛᎯ ᏱᎩ.

7 ᏍᏆ.ᏁᏔᏄᎯ, ᎥᏓᏍᏗ
ᏯᏆᏌᎾᏍᏔᏁᏍᏗᏉ;
ᎠᎴ ᎣᏍᎩ ᎠᏋᏒ᎓Ꭲ
ᏓᏍ᎓Ꮧ ᎠᏎᏉ ᏱᎨᏎᏍᏗ.

8 ᎠᏂᏌᏚᎪᎩᏍᎩᏂ
ᎠᎴᏬ ᎣᎾᏌᎾᏍᏗ
ᏇᎾᏍᏛᎢ ᏓᏍᏗ ᎠᏴ
ᎾᏍᎩᏉ ᏱᎾᏆ.ᏍᏕᏍᏗ.

HYMN 30.

The Resolve.

1 ᎢᏓᏟᏂᎬᏏ,
ᎢᏓᏟᏂᎬᏏ,
ᎡᏗᏄᏉᏓᏉ ᏤᏉ ᏤᏉ
ᎢᎦᏁᏔᏫ᎓Ꭿ ᎠᏴ

2 Ꮭ ᏴᏓᎪᎯᏥ,
Ꮭ ᏴᏓᎪᎯᏥ,
ᏫᏕᏙᎵᏍ.ᏗᏉ ᏤᏉ ᏤᏉ
ᎢᎩᏙᏙᏱ ᏦᏒ᎓Ꭲ.

3 ᎠᏍᎦᏂᏃ ᎨᏒ,
ᎠᏍᎦᏂᏃ ᎨᏒ,
ᎤᏩᎿᏁᏍᏗᏉ ᏤᏉ ᏤᏉ
ᏦᏒ ᏫᏗᎷᏨᏛ.

4 ᎤᏬᏚᎯᏍᏗᏃ
ᎤᏬᏚᎯᏍᏗᏃ
ᎤᏩᎿᏁᏍᏗᏉ ᏤᏉ ᏤᏉ
ᏦᏒ ᏫᏗᎷᏨᏛ.

5 ᏥᏌ ᎦᎶᏁᏛ,
ᏥᏌ ᎦᎶᏁᏛ
ᏮᏓᏰᏗᎪᎢ ᏤᏉ ᏤᏉ
ᏦᏒ ᏫᏗᎷᏨᏛ.

6 ᏕᏗᏃᎩᏍᎨᏍᏗ,
ᏕᏗᏃᎩᏍᎨᏍᏗ,
ᎦᏄᏔᏗ ᏦᏒ, ᏤᏉ ᏤᏉ
ᏫᏗᎷᏨᏛ ᎾᏤ.

HYMN 31. 8, 7

Will ye also go away?

1 ᏌᏯᏂ ᎠᎾᎢᎡᎢ
ᎩᏳ ᎠᎾᎪᏄᎾ,
ᏚᏂᏯᏬᎩ ᏫᏃᎯ
ᎤᎾᏕᏙᏩᏗᎡ᎓Ꭲ.

2 ᏥᏯᏛᎦᏁᏤ ᏥᏌ
ᎯᎠ ᎾᎩᏬᏎᎸ᎓Ꭲ,
“ᏥᎪ ᎾᏍᏉ ᏔᎪᏄᏏ
ᎠᏴᏍᎪ ᏓᏍᏕᏍᏥ?”

3 ᏍᎩᏍᏕᏚᏍᎩ, ᏥᏪᏔᎴ
ᏥᏣᎾᏕᏔ ᎨᏒ,

ᏂᏨᎩᏍᏕᎸᏍᎬᎾ ᏑᎩ
ᎡᏔᏗ ᏓᏥᏅᏥ

4 ᎠᏎᏃ ᎦᎪ ᏧᏬᏛ
ᎾᏍᏥᏣ:Ꭲ, ᎢᏳᏃ
ᎦᏣᏁᏍ ᏬᎩᏍᏕᎸᏍᎩ
ᏂᎯ ᏑᏗᎬᏏᏒ?

5 ᏂᎯᏒᎦᏃ ᏨᏒᎯ
ᎬᏂᏍ ᏣᏤᎸᎦ;
ᏨᏒᎯᏳ ᎦᏣᏁᏍ
ᎤᏁᎳᏅ:Ꭿ ᎤᏪᏥ.

6 ᏂᎯ ᏴᏫ ᏧᏍᏕᎸᏍᎩ
ᎬᏯᎸᏍᎦᏍᏙᏗᏱ,
ᎢᏳ ᏑᏗᏍᎩᏂᏴᏱ,
Ꮭ ᏑᏙᎦᎬᏏᎯ.

HYMN 32. S. M

Psalm 95.

1 Ꮻ ᎡᏗᏛᏱᏏ
ᎢᎦᏁᎳᏅᎯ;
ᎾᏍᏱ ᎡᏣ:Ꭿ ᏂᎬᎾᏍ
ᎤᎬᏫᏳ:Ꭿ ᎾᏍᎩ

2 ᎢᎦᏁᎳᏁᎢ,
ᎠᏍ ᎠᏫᏱᎯ,
ᎾᏍᏱ ᎡᏣᎯ ᏕᎨᏒ
ᏚᏊᎵᏁ ᎾᏍᎩ.

3 ᎡᏓᎸᎡᎸᏥ
ᎢᎦᏁᎳᏅᎯ,
Ꮻ ᏁᎬᏱ ᎤᏩᏔᏁ
ᎢᎪᎵᏁ ᎠᏴ.

4 Ꮻ ᏁᎬ ᎪᎯᏱ
ᏗᏓᏓᏂᏛᎩ,
ᏞᏍᏗ ᎠᏎᏱᏱ ᎠᏴ
ᏍᎦᏍᎦᏁᏍᏗ.

HYMN 33: L. M

"Jesus my all"—

1 ᎤᏁᎳᏅᎯ ᎤᏪᏥ
ᏦᏒᎢ ᏖᏱ ᎦᏣᏒ,
ᏥᏯᎸᏍᎦᏍᏙᏗ ᎾᏍᎩ,
ᏭᏣᏒ ᏮᏓᏥᏣᏓ.

2 ᎠᏯᏙᎸ ᏫᎦᏅᏅ,
ᎤᎾᏓ:ᏅᏗ ᏭᏂᏣᏒ:Ꭲ,
ᎤᏁᎳᏅᎯ ᏧᏬᏛ
ᏖᏱ ᎠᏎ ᏫᏥᎦᏗ.

3 ᎪᎯᎩ ᎬᏞᏧᏅᏍ
ᎦᏓ:ᏅᏖᏍᎯ ᎦᏛᏔᏗ,
ᏥᏯᏓᏙᎸᏍᏓᏁᎨ:Ꭲ,
ᎠᏎᏃ ᏥᏯᏍᎪᏱ.

4 ᎤᏟᎯᏉ ᏥᏍᎦᏅᎪ
ᎦᏟᏂᎬᏁᎨ:Ꮓ ᎠᏎ,
ᎿᏉᏃ ᏥᏯᏛᎦᏅ
ᎤᏁᎳᏅᎯ ᎤᏪᏥ.

5 ᎡᎮᎾ, ᎤᏛᏅ ᏥᏌ;
ᏬᏏᏳ ᎠᎩᏰᏄᏅ,
ᏧᏪᏄ ᏩᎩᏣᏒᎩ,
ᏘᎠᏆᏓᏂᏄᏨᎩ.

6 ᎿᏉ ᏙᏓᏥᏃᏁᎵ
ᎠᏂᏍᎦᎾ ᎠᏁᎲᎢ
ᎤᏁᎳᏅᎯ ᎤᏪᏥ
ᏥᏃᎯ ᏥᏥᏩᏛᎲ.

7 ᎤᏁᎳᏅᎯ ᎤᏪᏏ
ᏤᏣᎦᏅᎦ ᎢᎦᎵ:Ꭲ,
ᎤᏣᏗ ᎤᎩᎵᏰᏤ
ᏂᎯ ᎢᏣᎫᏢᏍᎨᎢ.

HYMN 34. 12, 9.

I will tell what God has done for me.

1 ᎠᏂᏲ ᎢᏥᎷᎩ ᎡᏣᎫᏴᏛ,
ᏂᎦᏛ ᎢᏣᏛᏓᏍᏕᏍᏗ,
ᏓᏨᏃᎮᎮᎵ ᏄᎵᎮᎵᏍᏛᎢ
ᎠᏴ ᏥᏌ ᎠᎩᏙᎵᏨ:Ꭲ

2 ᎦᏄᎳᏗ ᎡᎯ ᏥᏍᎦᏅᏤᏄᎩ,
ᏧᏲᎵ ᏫᎦᎾᏄᎪᎬ
ᎠᏊᏄᎵ ᎠᏆᏕᏙᏩᏗᏒᎩ,
ᎪᎱᏍᏗ ᏂᏥᎾᏰᏍᎬᎾ.

3 ᎤᏁᎳᏅ:ᎯᏉ ᎤᏓᏙᎵᏣᏛᎢ
ᎠᏏ ᎡᎳᏗ ᏥᎦᏧᏁ:Ꮽ;
ᎤᏣᎳᏅᎯᏍᎩᏂ ᎤᏍᏆᏂᎪᏗ
ᏨᏍᎩᏃ:Ꭲ ᏫᏂᎨ:ᎥᎾ ᏥᎩ.

4 ᎤᏣᎳᏅᎯ ᎤᎵᏏᎬ ᏥᏅᎬ:Ꭹ,
ᏂᎨᎵᏍᎬᎾ ᏫᏥᎦᏛ:Ꭲ;

ᎠᏯᎩᎾ ᎤᏍᏝᏍᎬ ᎠᏆᏘᏂᏒ:Ꭹ.
ᎠᏟ Ꮂ ᏜᏥᏂᏆᏘᎮ:Ꭲ.

5 ᎩᏔ ᏕᏆᏳᏗ ᏜᎰᏩ ᎤᏁᏨ.
ᎠᏴ ᎠᏆᏟᏫᏍᏙᏔᏅ,
"ᏣᏍᏕᏅᏨ:Ꮏ ᎣᏕᏔᏜᎾ," ᎤᎺᏅ,
"ᏕᏙᏳᏃ ᎺᏀᏰᎱᏏ?"

6 ᎠᏆᏓᏅᏙ ᏣᏳ ᎤᎺᏂᎺᏀ,
ᎠᎩᏰᎱᏒ ᏕᏟᏅᎩ;
ᎢᏤ ᏗᎧᏃᎩᎺ ᏓᏕᏔᏅᎩ;
ᏥᏌ ᏕᏥᏃᎩᏍᏔᏅᎩ.

HYMN 35. S. M.

The same.

1 ᏞᏳ ᎢᏎᏝᎢ,
ᎢᏳᏙᏟᎨᏀ
ᎤᏫᏰᏀᏍᏗᏩ ᎠᏴ
ᏣᎩᎪᏩᎺᏜ.

2 ᎠᏆᏁᏔᏅᏀ
ᏥᏍᏕᏅᏤᏄᏀ,
ᎠᏆᏎᏙᏩᏗᏒᎩ
ᏧᏰᏢ ᏨᏍᎩᏃ:Ꭲ

3 ᎠᏉᏃ ᏎᏝᏗ;
ᏥᏌ ᏕᏳᏁᎺ
ᏞᏳ ᏥᏯᏝᏍᏕᏍᏙᏓ
ᎤᏓᏙᏝᏳᏘ.

4 ᎡᏔᏗ ᏥᏩᎺ
ᏅᏩᏙᏀᏯᎺ,
ᏥᏥᏯᏝᏍᏕᏍᏙᏔᏅ
ᏥᏌ ᏕᏳᏁᎺ.

5 ᎾᏍᏳ ᏎᏆᏔᏗ
ᏙᏀ ᏫᎨᎡᏍᏗ,
ᏣᏳ ᏧᏁᏤᏝᏓᏍᏗ
ᎬᏆᏘᏁᏒᎣ

6 ᎾᏣ ᏕᏳᏁᎺ
ᎠᏟ ᎤᎾᏓ:ᏅᏘ
ᎢᏧᏔᎣ ᏬᏤᎮᏍᏗ
ᏣᏳ ᏂᎪᏀᏆ

7 Ꮭ Ꭽ ᎱᎦᏖᎢ;
ᎢᏩᏙᎴᎨᎯ
ᎸᏖᎮᏖᏍᏛᎢ ᎠᏴ
ᏩᎩᎪᏣᏛᏓ.

HYMN 36. C. P. M

1 ᎤᏁᎳᏅᎯ ᎤᏪᏥ
ᏂᎦᏗ ᎡᏗᎨᏳᎢ,
ᎿᎭ ᏗᏓᎴᏓ,
ᏭᏩᏒ ᎢᏓᎢᏎᏍᏗ,
ᏕᎦᏓᏂᏴᏎᏍᏗᏃ,
ᏗᎦᏓᎨᏳᎯ.

2 ᎤᎬᏫᏳᎯ ᎤᏙᏖ
ᏕᏗᏬᎿᏣᏗᏎᏍᏗ
ᎠᏂ ᎡᎶᎯ ᎨᏒ;
ᏌᎭᏃ ᎸᏍᏗᏗᏎᏍᏗ;
ᏥᏌ ᎦᏬᏁᏛ ᎾᏍᎩ
ᏕᎦᏯᏂᏎᏍᏗ.

3 ᏧᏍᏛ ᎢᎩᏙᏖᏟᎯ
ᎡᏓᏖᎡᏖᏙᎮᏍᏗ
ᏂᎪᎯᎸ ᎿᎭ;
ᏳᏙᎯᏳ ᏲᎩᏑᎸ
ᎠᏎ ᎢᎩᏍᏕᎸᏗᎭ,
ᎤᏁᏟᎯᏑᏃ.

4 ᎤᏁᎳᏅᎯ ᎤᏪᏥ
ᏧᏪᏙᏖᏍᏗᎭ ᎠᏎ
ᎬᏣᏔᏲᏎᎯ;
ᎢᎦᏛᎦᏅᎯᏑᏃ
ᎸᏍᏛᎭ ᎢᏕᏓ ᎠᏂ,
ᎤᏲᏍᏛᎭᏑᏃ.

5 ᏑᏗᏔᏏᏯᎲ ᏥᏌ,
ᎤᏲ ᎢᎦᏖᏍᏓᏁᏗ
ᎿᏆᏎ, ᎤᏁᏟ,
ᎸᏃᎯᏳᏅᎾ ᏲᎩ
ᏓᏳᎾᎴᎾᏖ ᎠᏎ,
ᎤᏛᏅᎯ ᏥᏌ

6 ᎤᏁᎳᏅᎯ ᎤᏪᏥ
ᎯᎠ ᏂᎩᏪᏎᎴᎢ;
ᎠᏴ ᏍᎩᏍᏓᏣᏕᎦ,
ᏓᏥᏣᏛᎯᎭ ᎠᏎ
ᎾᎾᏍᏛᎾ ᎢᎦᎦᏯ
ᎦᎸᎳᏗ ᏦᏒᎢ.

HYMN 37. L. M

1 ᎢᎦᏖᎢ, ᏗᏗᏃᎩ,
ᎦᎸᎳᏗᏃ ᎠᏁᎯ
ᎾᏂᏪᏍᎬᎢ ᏂᏗᏫ,
ᏥᏌ ᏓᏂᏃᎩᏍᏗᏍᎬᎢ.

2 ᎠᎴ ᏗᎦᏓᎨᏳᎯ
ᎨᏎᏍᏗ ᏂᎪᎯᎸᎢ,
ᏌᎭᏑᏃ ᏗᎨᏅᏒ,
ᎠᎴ ᏌᎭ ᎢᎦᏓᏅᏛ

3 ᎠᏴ ᏗᎦᏓᏂᏰᏛ
ᏲᏎᏍᏗ ᏕᎦᏓᏅᏛ;
ᎦᎸᏉᏗ ᏗᎦᏚᎲ
ᏗᎨᏅᏒ ᎾᏗᎦᏘ.

4 ᎰᏩ ᎦᏣᏁᏛ ᎤᎩᎬ
ᎦᎸᏅᏗ ᎤᏁᏬᏁ,
ᎾᏍᎩ ᎢᎩᏅᎦᏢᏍᎩ
ᎱᎩᏍᎦᏅᏨ ᎤᏲᎢ.

5 ᎰᏩ, ᎠᏂ ᏥᏪᎥᏓ,
ᎦᎸᏉᏗ ᎡᎯ ᎠᏓᏅᏙ,
ᏦᎦᏓᏅᏙ ᏘᎣᏢᎢᏍᏓ
ᏳᎳᏢ ᏩᏓᏅᏙᎩ.

HYMN 38. C. M.

"Come, humble sinner."

1 ᎡᏊᎾ, ᏣᏓᏙᎵᏍᏗ,
ᏣᏍᎦᏅᏨᎯ ᎤᏲ,
ᎠᏎ ᏓᏣᏙᎵᎨᏍᏗ
ᎦᎸᏉᏗ ᎡᎯ.

2 ᏑᏯᎦᏖᏩᏕᏅᏍᏗ
ᎦᎸᏉᏗ ᎡᎯ,
ᏓᏣᏗᏔᏂ ᏦᏒᎢ
ᏣᏓᏅᏖᏗ ᎨᏒᎢ.

3 ᎯᏍᏔᏙᎵᏍᏓᏏᏎ
ᎦᎸᏉᏗ ᎡᎯ,
ᎯᏃᏔᏏ ᏣᏍᎦᏅᏨ
ᎤᏲ ᏂᎦᎥᎢ.

4 ᎠᏎ ᏧᏓᏙᎵᏍᏗᏱ
ᎦᎸᏉᏗ ᎡᎯ,
ᎬᏩᏓᏙᎵᏍᏓᏏᏃ
ᏕᎦᏙᎵᎬᎢ.

5 ᎩᎶᏢᎢ, ᎯᏬᏂᏓᏍ
ᎦᎸᏉᏗ ᎡᎯ;
ᏓᏣᏍᏕᏁᎯᏏ ᎠᏎ
ᏑᏦᎯᏳ ᎢᏳ.

6 ᏃᎯᏳᏒᏍᏗᎬᏅ ᏑᎩ
ᏓᏣᏴᏅᏢᏎ,
ᏧᏍᏆ ᏂᎪᎯᏁᎢ
ᏤᏐᏎ ᏥᎮᏍᏗ.

7 ᎾᏍᎩᏰᏃ ᎢᏳᏥᎷ
ᎦᎸᏉᏗ ᎡᎯ;
ᏧᏯᏙᎵᏍᏗᏱ ᎠᏎ
ᎬᏬᎯᏳᏅᎯ.

8 ᎯᏍᏆᎢᏳᏒᏍᏗ
ᎦᎸᏉᏗ ᎡᎯ;
ᏤᏛ ᎠᏎ ᎦᎸᏉᏗ
ᏥᏢᏍᏗ ᏦᏒᎢ.

HYMN 39. 8, 7, 4.

Come to Jesus.

1 ᎡᏤᎾ ᎢᏥᏍᎦᏅᏨᎯ,
ᏕᎰᏛ ᏗᎶᎴᏎᎯ,
ᏥᏌ ᎢᏥᏚᏂᏍᎬᎢ
ᏖᏭ ᎢᏣᏛᏓᏍᏓ;
ᎠᏂᏍᎦᎾ
ᏥᏌ ᏕᎦᏙᎴᎪᎢ.

2 ᎢᏣᏛᏅᎢᏍᏔᏅᎭ
ᎩᎳ, ᎢᏤᎴᏍᎨᏍᏗ,
ᎥᏝ ᎢᏄᎯᏳ ᏥᏌ
ᏰᎦᏕᏥᎷᏥᏏ;
ᏖᏭᎰᎪ
ᎢᏥᎷᎩ ᏂᎦᏛ.

3 ᎢᏥᏍᎦᎾ, ᏤᏣᎦᏅᎦ
ᎢᏣᏁᏔᏅᎯ ᏥᏌ;
ᏓᏓᏖᏩᏍᏛ ᎦᏛᎢ
ᎢᏥᎰᎱᎯᏎᎭ;
ᎠᎴᏍᏆᏓ,
ᎠᏗᎭ ᏫᏁᎬᎢ.

4 ᎡᏣᎴᏍᎦᏍᏙᏓ ᎾᏍᎩ;
ᏞᏍᏗ ᎢᏣᏙᎯᏛᎩ,
ᏥᏌᏕᏃ ᎤᏩᏒᎯ
ᎰᏥᏍᏕᏄᏗ ᏂᎯ;
ᎢᏥᏍᎦᎾ,
ᎰᏥᏍᏕᏄᏗ ᏂᎯ.

HYMN 40. 8. 7

Repent and believe.

1 ᎢᎩᏍᎦᏅᏨᎯ ᎤᎰ,
ᎢᏓᏓᏅᏖᏍᎨᏍᏗ
ᎤᏁᎳᏅᎯ ᎤᏁᏨᎢ
ᎠᏴ ᎢᎩᏙᎴᏍᏗᏜ.

2 ᏗᏤᎰᏍᏗ ᎢᏥᏍᎦᎾ,
ᏓᏥᏙᎴᏥ ᎠᏎ;
ᎪᎯᎩ ᎨᏩᎣᏅᏛ
ᏗᎩᏚᏂ ᏦᏒᎢ.

3 ᏞᏍᏗ ᎢᏣᏙᎯᏛᎩ,
ᏰᎰᏙᎯᏓ ᎢᏕᏚ,
ᎤᏁᎳᏅᎯ ᎤᏩᏒ
ᎬᏪᎯᏗᏍᏗ ᎢᏕᏚ.

4 Ꮴ ᏗᎰᎯᏏ ᎢᏕᏚ,
ᏧᏏ ᏅᏓᎨᏁᎴ;
ᎾᏍᎩᏭ ᏂᎦᏪᏍᎬᎢ
ᏗᏗᏫᏖᏩᏚᎦ.

5 ᎢᎦᎴᎢ ᎢᏦᎯᏳᏭᎦ
ᎤᏁᎳᏅᎯ ᏫᏁᎬ,
ᎡᏥᏔᎰᏎᏈᏍᏗᏭ,
ᎠᏎ ᏓᏣᏙᎴᏥ.

6 ᏧᏪᏙᎴᏍᏗ ᏖᏆᏎ
ᎨᏩᏓᏙᎴᏍᏓᏏ:

ᎠᏎᏱᎪ ᎢᏤᎨᏍᏗ,
ᎢᏣᎹᏏᏍᏗᏍᎨᏍᏗ.

7 ᎤᏁᎳᏅᎯ ᏂᏥᏩᏎ,
ᏫᏃᏊ ᎢᏥᏫᏂᏅ.
ᎱᏑᏞᎢ ᏗᏏᏏᏂᏴ,
ᏌᏊ ᎿᏊ ᏗᎨᏅ.

8 ᏌᏊ ᎿᏊ ᎢᏑᏏᏅᏙ,
ᎤᏁᎳᏅᎯ ᎤᏤᏞᏑ;
ᎿᏊ ᎠᏎ ᎾᏗᏑᏬ
ᎢᎩᏙᏏ ᏧᏬᏫᎢ.

9 ᏥᎩᏌ ᏑᏣᏁᏰ ᎪᏑ
ᏕᏗᏃᎩᏍᏗᏍᎨᏍᏗ,
ᎤᏁᎳᏅᎯ ᎤᏓᏒ
ᏒᏏᏞᏍᏑᏍᏙᏕᏍᏗ.

10 ᎿᏊ ᏙᏏᎩᏫᏅᎯ
ᏑᏫᏔᏗ ᏦᏒᎢ,
ᏅᏏ ᏅᏏᏑᎬᏁᏞ
ᎿᏆᏎ ᏂᎪᎯᏫ.

HYMN 41. L. M

Self-righteousness renounced.

1 ᏝᎿᏊ ᏅᏆᏁᎳᏅᎯ
ᏓᎩᏲᎾᏍᏏᏁᏫᎢ,
ᎠᏃ ᎤᏍᎩ ᎠᏕᏒ
ᏅᏑᏞᏍᏑᏍᏙᏗᏍᎨᏍᏗ.

2 ᎤᎦᏑᏃ ᏫᏃᎩᏳ
ᏓᎩᏲᎾᏍᏏᏁᏣᎩ,
ᎠᏃ ᎠᏆᏏᏅᏰ ᎤᎦ
ᎨᏒᎩ ᏂᎪᎯᏫᎢ.

3 ᏤᏥᏍᎩᏂ ᏫᏰᏁᏫ,
ᎠᎩᎦᎱᎯᏎᏫᎢ,
ᎾᏍᎩᏊ ᎤᏓᏒᎯᏳ
ᎿᏊ ᎠᏆᏞᏍᏑᏍᏙᏕᏍᏗ

4 ᎾᏍᎩ ᏥᎨᏳᎢ ᎨᏒ
ᎿᏊ ᏅᏏᏑᏞᏍᏙᏏ
ᏂᏑᏰ ᏣᎩᎨᏳᏒ
ᎡᏔᏂᎬ ᏏᎩᎦᎯ.

HYMN 42. L. M

Psalm 51.

1 ᎢᎬᏍᏆ ᏩᎪᏊᎢ,
ᏅᎨᏓ, ᏑᏏᏅᏂᏑ;
ᏣᏏᏙᏞᏩᏗ ᎨᏒ
ᎤᏓᏒ ᎠᏆᏞᏍᏑᏍᏙᏙᎢ

2 ᎥᏳᏞ ᎤᏫᏑᎯᏍᏗ
ᏤᏫᏂᏳ ᎤᏏᏰᏍ;
Ꮭ ᏑᏙᏰᏞᏏᏍᎬᏊ
ᏈᏞ ᏴᎬᏆᏗᏫᏍᏏ.

3 ᎥᏝ ᏥᏍᏆᏊ ᎤᎩᎬ,
ᏅᏍ ᎠᏫᏊ ᎤᎩᎬ.

ᎠᎴ ᏅᏬᏘ ᎪᎱᏍᏗ
ᏰᎵ ᏴᎬᎩᏅᏮᎦ.

4 ᎠᎴ ᎡᏉᏂᏉ ᎨᏴ,
ᎠᎴ ᎠᏉ ᏥᏂᎦᎥ
ᎥᎵ ᏴᎬᎩᏅᎦᎸ;
ᎠᎩᎧᎵᏨᎯ ᎤᏲ.

5 ᏥᏌ ᎠᏆᏁᎳᏅᎯ
ᎤᎩᎬ ᎦᎸᏉᏗᏳ,
ᎾᏍᎩᏉ ᎤᏩᏒᎯᏳ
ᎠᎩᏩᏛᏒᎯ ᎬᏂᏛ.

6 ᎣᎨᏩ, ᎬᏍᏛᎦᏏ
ᏭᏒᏉ ᏍᎩᏙᎵᏨᎢ;
ᏌᏉᏉ ᎢᏳᏁᎢᏍᏗ
ᎤᏁᎩᏳ ᎢᏍᎦᏁᏗ.

HYMN 43. C. M.

The Prodigal Son.

1 ᎠᎾᏅ ᎡᏓᏅᏓᏓ
ᎤᏍᎦᏅᏨᎯ ᎤᏲ,
ᏧᏲᏏᏍᎨ, ᏧᏕᎵᏍᎨ
ᏏᏆ ᎤᎾᎵᏍᏓᏴᏗ.

2 ᎠᏎᏃ ᎤᏓᏅᏘᏌᏅ
ᎯᎠ ᏄᏪᏎᎢ;
ᎡᏙᏓ ᏧᏅᏏᏓᏍᏗ
ᎤᏣᏔ ᎤᏂᎭ.

3 ᎡᏙᏙᏱ ᏓᎨᏏ, ᎯᎠ
ᏅᏓᏥᏪᏎᎵ,
ᎡᏙᏓ, ᎬᏍᎦᏅᏤᎸ,
ᎠᎴ ᎤᏁᎳᏅᎯ.

4 Ꮭ ᏳᏉ ᏰᎵ ᎠᏇᏥ
ᎨᏍᏉᏎᏗ ᏱᎩ;
ᏧᏅᏒᎯᏉ ᎢᏳᎾᏍᏗ,
ᎡᏙᏓ, ᏂᏍᎦᏉ.

5 ᎤᏁᏨᏃ, ᎤᏙᏙᏱ
ᏞᎩ ᏑᎹᏤᎢ,
ᎤᏙᏓᏃ ᎤᎪᎮᎢ
ᎠᏏ ᏩᎢᏎᎢ.

6 ᎤᏪᏥ ᎤᏪᏙᎵᏤᎢ;
ᏚᏍᏆᏄᎳᏁᎢ;
ᎤᏣᏘ ᎤᎨᏳᏎᎢ;
ᎯᎠ ᏄᏪᏎᎢ;

7 ᎠᏇᏥ ᎡᏥᏄᏬᏣ
ᎤᏬᏚᎯ ᎠᏄᏬ,
ᏭᏍᏛᏃ ᎢᏓᏓᏅᏓᏓ
ᎠᏴ ᏂᏗᎥᎢ.

8 ᎤᏲᎱᏒᎯᏰᏃ ᎨᏒᎩ,
ᏔᎵᏁ ᎢᎡᎭ;
ᎡᏓᏑᏨᎯ ᎨᏒᎩ,
ᎢᎠᏥᏩᏛᎲ.

4 ᎾᏍᎩ ᎤᏙᏓ ᏄᏪᏎ,
ᎤᏪᏙᎵᏤᎢ,
ᎾᏍᏉᏍᎩᏂ ᎢᎩᏙᏓ
ᎤᏓᏙᎵᏣᏔ.

ᏅᏧᎵᏍᏙᏔᏁᎢ
ᎠᏴ ᎢᎩᎨᏳᎯ.

6 Ꭷ ᏗᏓᎵᎪᏜᏏ
ᏕᏄᏪᏗ ᎠᏁᎯ,
ᎠᏍᏓᏯ ᏗᏗᏃᎩ
ᏥᏌ ᎢᎩᎨᏳᎯ.

HYMN 44. 7s.

Redeeming Love.

1 Ꭷ ᏣᏉ ᎢᏓᏍᏅ,
ᏂᎦᏛ ᎤᏍᏃᏅᎯ,
ᎠᏍᏓᏯ ᏗᏗᏃᎩ
ᏥᏌ ᎢᎩᎨᏳᎯ.

2 ᏂᎯ ᎡᏥᏙᎵᏨᎯ,
ᏥᏌ ᎢᏣᏚᏴᏛ,
ᏣᏉ ᎢᏥᏄᏉᏓ
ᏥᏌ ᎢᏥᎨᏳᎯ.

3 ᎠᏍᎩᎾ ᎠᏍᎦᏂᏃ
ᏗᏥᏍᏓᏩᏗᏙᎯ,
ᏣᏉ ᏆᏓᏙᏍᎨᎯ
ᏥᏌ ᎢᏥᎨᏳᎯ.

4 ᏙᎯ ᎢᏣᏓᏅᏓᏓ,
ᏗᏥᎦᏔᎲᎢᎯ,
ᏣᏉ ᎢᏣᏓᏅᏛᎵ
ᏥᏌ ᎢᏥᎨᏳᎯ.

5 ᎡᏘᏗ ᎤᎷᏥᏍᎢ,
ᎤᎩᎵᎬᏥᏍᎢ

HYMN 45. S. M.

Grace.

1 ᎤᏓᏙᎵᏣᏛ
ᏕᏄᏪᏗ ᎡᎯ
ᎤᏣᏘ ᎤᏬᏚᎯᏳ
ᏴᏫ ᎤᏛᏅᏗ

2 ᎤᏓᏙᎵᏣᏛ
ᎤᏬᎯᏳᏛᏉ,
ᏴᏫ ᎤᎾ:ᎵᏍᏕᏄᏙᏗ
ᎤᏂᏍᎦᏅᏨᎢ.

3 ᎤᏓᏙᏓᏣᏛ,
ᏴᏫ ᏕᎨᏳᎯ,
ᎤᎵᏍᎪᏄᏪᏁ ᎤᏩᏌ
ᏧᎬᏩᎯᏎᏗᏱ.

4 ᎤᏓᏙᎵᏣᏛ
ᎠᏆᏁᏪᏅᎯ
ᎠᏆᏓᏅᏙ ᎤᎬᏫᏳ
ᎤᏁᏟᏴᏎᎢ

5 ᎤᏓᏙᎵᏣᏛ
ᎠᏆ.ᏘᏁᎪᎢ
ᎦᎸᎳᏗ ᎾᏥᎦᏛ
ᏧᏬᎸ ᎬᏗᏍᎩ

6 ᎤᏓᏙᎵᏣᏛ
ᎦᎸᎳᏗ ᎡᎯ
ᎠᏂ ᎠᎴ ᎦᎸᎳᏗ
ᏥᎸᏉᏗᏍᎨᏍᏗ.

HYMN 46. 8, 7.

Praise to the Saviour.

ᏍᎩᏍᏕᎵᏍᎩ, ᏨᏒᎯᏳ
ᎢᏨᎸᏉᏗᏍᎪᎢ,
ᏍᎩᏍᏕᎵᏍᎨᏍᏗᏉᎪᎦ
ᏂᎪᎯᎸ ᏌᏤᏊ:Ꭲ

ᏦᏒᎢ ᏬᏥᎦᏘ,
ᏬᏥᎦᏘ ᎤᏁᎳᏅ:Ꭿ
ᎱᏬᎸᎢ ᏬᏤᏢᏍᏗ
ᎿᏆᏎ ᏂᎪᎯᎸ.

2 ᎤᏁᎳᏅᎯ ᎤᏪᏥ
ᏧᏥᎸᏉᏗᏍᎨᏍᏗ
ᏬᏥᎻᏨ ᏧᏬᎸᎢ
ᎦᎸᎳᏗ ᏦᏒᎢ.

ᏦᏒᎢ ᏬᏥᎦᏘ—

3 ᎤᏬᏚᎯ ᎢᎦ ᎨᏒ
ᎾᎿ ᏓᏂᏥᎪᎯ,
ᎢᏳᏃ ᎠᎵᏍᏆᏛᎭ
ᎡᎶᎯ ᏌᏤᏊᎢ.

ᏦᏒᎢ ᏬᏥᎦᏘ—

4 ᎤᏁᎳᏅᎯ ᎤᏁᏨ.Ꭲ
ᏌᏏ ᏌᏥᎦᏔᎭ,
ᎡᎶᎯ ᏓᏣᏛᎨᏅ:Ꭽ
ᎤᎵᏍᏆᏗᏗᏎᏍᏗ.

ᏦᏒᎢ ᏬᏥᎦᏘ—

5 ᎤᏂᏍᎦᏅᏨᎯ ᎤᏲ
ᏛᎠᏂᏍᎦᎵ ᏥᏌ,
ᎿᏉ ᏥᏌ ᏣᎢᏎᏍᏗ
ᎤᏍᎦᏎᏗ ᎨᏎᏍ.Ꮧ.

ᏦᏒᎢ ᏬᏥᎦᏘ—

6 ᎠᏎᎢ ᏓᏨᏂᏴᎯ
ᏍᎩᏯᎫᏴᏛ ᏥᏌ;
ᎢᏨᏯᎵᏍᎦᏍᏙᏍᏕᏍᏗ
ᎢᎦ ᎤᏍᎦᏎᏛᎢ.

ᏦᏒᎢ ᏬᏥᎦᏘ—

HYMN 47. S. M.

Praise to Jesus.

1 ᏓᏉ, ᎢᎦᎵᎢ,
ᎡᏗᎸᏉᏕᏍᏗ
ᎤᎬᏫᏳᎯ ᎢᎦᏙᎵ,
ᎦᎸᎳᏗ ᎡᎯ.

2 ᏥᏌ ᎦᎶᏁᏛ,
ᏁᏍᎩᏰᏲᏭᎦ
ᏁᎧᏃᎩᏛ ᏧᏬᏚ
ᎦᎸᎳᏗ ᏙᎯ.

3 Ꭸ ᎤᏬᏚᎯᏳ
ᎾᏂᏭᏅ ᏦᎱ;
ᏂᎯᏆᏗ ᏨᎱᎯᏳ
ᎰᎶᎸᏉᏗᏅ.

4 ᏇᎾᏍᏛᎾ ᎠᏴ
ᏕᏨᏃᎩᏍᏗᏅ;
ᎠᎴ ᎢᏨᎰᏳᏎᏍᏗ
ᎿᏉ ᏂᎪᎯᎸ.

HYMN 48. H. M.

Jesus is King.

1 ᎢᏣᎵᎮᎵᎩ;
ᏂᎪᎯᎸᏰᏃ
ᎿᏉ ᎤᎬᏫᏳᎯ
ᎢᏮᎫᏴᏭᎯ.
ᎢᏦᎯᏳᎯ
ᏂᎦᏗᏳ
ᎠᏍᏓᏯᏳ
ᏁᏥᏃᎩ.

2 ᏥᏌ ᎦᎶᏁᏛ
ᎤᎩᎵᏲᏨᎯ
ᎿᏉ ᏂᎪᎯᎸ
ᎠᏥᎸᏉᏗᏳ.
ᎢᏦᎯᏳ
ᏂᎦᏗᏳ
ᎠᏍᏓᏯᏳ
ᏁᏥᏃᎩ.

3 ᏂᎦᏛ ᎦᎸᎶ
ᎠᎴ ᎡᎳᏂᎬ
ᏧᏙᎵ ᎰᎱᎢ
ᎥᏝ ᏴᎬᏲᎩ.
ᎢᏦᎯᏳ
ᏂᎦᏗᏳ
ᎠᏍᏓᏯᏳ
ᏁᏥᏃᎩ.

4 ᎢᏣᎵᎮᎵᎩ!
ᏥᏌ ᏓᎦᎹᏥ,
ᎦᎸᎳᏗ ᏦᎱ
ᏙᏓᎦᎸᏁᏏ.
ᎦᎶᏁᏛ
ᏓᎦᎹᏥ;
ᎠᏍᏓᏯᏳ
ᏁᏥᏃᎩ.

HYMN 49. 8, 7. ᎠᎴ ᎤᏍᏓᏩᏛᏎᎢ ᎠᎢᏒ ᎦᏩ.ᏁᏛ.

Blind Bartimeus.

'ᏍᎩᏙᎵᎩ ᏣᎬᏫᏳ.Ꭿ'
ᎩᎶᎢ ᎯᏁᎬᏉ
ᎠᎾᎵᏍᏕᎸᏙᏗᎭ,
ᎠᏴ ᎿᏉ ᏍᎩᏍᏕᎸ."

2 ᎾᏍᎩ ᏄᏪᏎ.Ꭲ ᏗᎨᏫ
'ᏆᏗᎹ ᏧᏙᎢᏛ;
ᎤᏂᏣᏘ ᎤᏂᏍᎦᏤ
ᎾᏍᎩ ᎤᏪᎷᎬᎢ;

3 ᎠᏎᏃ ᎤᏍᏓᏯᏕᏉ,
ᎬᏂ ᎤᎬᏫᏳᎯ
ᎤᏁᏨ ᎯᎠ ᏄᏪᏒ;
'ᏣᏚᎵᏍᎬ ᎯᏔᏲ.Ꭽ.'

4 Ꮭ ᎠᏕᎸ ᏳᏚᎵᏍᎨ.Ꭲ;
ᎠᏎᏃ ᎤᏔᏲᎴ.Ꭲ—
ᏥᏌ ᎤᏁᎴ ᎤᏩᏒ
ᎬᏩᏓᏁᏗ ᏥᎩ.

5 "ᏣᎬᏫᏳᎯ ᎯᏜᎾ
Ꭴ.ᎵᏏᎩ ᏣᏯᏞᎠ,
ᎢᎦᎦᏛ ᏥᎪᏩᏛ,"
ᎤᏛᏁᎢ ᏗᎨᏫ.

6 ᎿᏉ ᎩᎳᏉ ᎢᏴᏛ
ᎢᎦᎦᏛ ᎤᎪᎲ.Ꭲ,

7 ᎦᏛᎩᎭ ᎠᎩᏰᎸ.Ꭽ
ᏗᎨ.Ꮻ ᎠᎵᎮᎵᎬ.Ꭲ
"ᎢᎦᎵ.Ꭲ ᎤᏍᏆᏂᎪ.Ꮧ,
ᎾᏆᎵᏍᏓᏏ ᎠᏴ.

8 ᎠᎩᏍᏕᎵᏍᎩ ᏥᏩᏛ
ᏴᏫ ᏗᎦᏙᎵᎩ,
ᏗᏥᎨᏫ ᏂᎦᏗᏳ
ᎢᏤᎾ ᏧᏬᏄᎢ."

HYMN 50. C. M

Lord, Remember me.

1 ᏥᏌ, ᎤᏂᏍᎦᏅᏨᎯ
ᏴᏫ ᏗᎨᏳᎯ,
ᏂᎯ ᏕᎬᏯᎦᏂᎭ;
ᎿᏉ ᏍᏆᏅᏓᏓ.

2 ᎭᏅᏓᏓ ᏣᏁᏨᎢ,
Ꭽ.ᏅᏓᏓ ᎣᎾᎵ,
Ꭽ.ᏅᏓᏓ ᏣᎵᏰᏔᏅ.Ꭲ,
ᎿᏉᏃ ᏍᏆ.ᏅᏓᏓ.

3 ᏕᎬᏯᏓᏲᎯᏎᎭ,
ᏥᏌ, ᏍᎩᏍᏕᎵᏍᎩ;
ᎦᏄᏔᏗ ᏗᏦᏄᎢ
ᎿᏉ ᎡᏍᏆ.ᏅᏓᏓ.

4 ᏥᏒᏎᎯᏳ ᎨᏒᎢ
ᏅᏏ.Ᏻ ᏥᎨᏒᏯ;
ᎠᏎᏃ ᏣᎬᏅᏳᏯ,
ᏣᏉ ᏯᏆᏅᏓᏓ.

5 ᎤᎾ ᎾᏆ.ᏝᏒᏓᏁᎮᏍᏗ,
ᎠᏍᏉ ᎡᏩᏯ
ᏚᏰᏱᎵᏗᏍᎨᏒᏗ,
ᏍᏆᏅᏓᏗᏒᎨᏒᏗ.

6 ᏣᏉᏃ ᎠᏱᏍᏓᏒ
ᏚᏙ.Ᏹ ᏎᏃᏰᏣ.ᏅᎲ,
ᏣᎬᏅᏳ.Ᏹ ᏍᏱᏍᏕᏝᏒᏱ
ᏣᏉ ᏍᏆ.ᏅᏓᏛᏅᎲ.

HYMN 51. L. M.

Not ashamed of Jesus.

1 ᏥᏌ ᎠᏆᏁᎳᏅᏯ,
ᏥᎪ ᏓᎬᏕᎰᏍᎦ?
ᏨᏒᏯᏃ ᏍᏱᏍᏕᏝᏒᏱ,
ᎠᏎ ᏒᏱᏍᏆᏂᎪᏗᏒᏱ?

2 ᏥᏌ ᎠᏆᏁᎳᏅᏯ,
ᏥᎪ ᏓᎬᏕᎰᏍᎦ?
ᏨᏒᏯ ᎠᏆᏓᏅᏙ
ᎢᏎᏯᏳ ᎢᏍᏕᏁᏯ!

3 ᏥᏌ ᎠᏆᏁᎳᏅᏯ,
ᏥᎪ ᏓᎬᏕᎰᏍᎦ?
ᎬᏂᏳᏃ ᎠᏎ ᏦᏒ.Ꭲ
ᏍᏱᏣᏰᏒᏯ ᏥᏍᏎᎾ.Ꭲ?

4 ᏥᏌ ᎠᏆᏁᎳᏅᏯ,
Ꮭ ᏰᏎᎬᏕᎰᏍᎬᏯ,
ᎤᏩᏒ ᏥᏍᏎᎾᏯᏳ
ᎠᏎ ᏥᏣᎾᏎᏝᏳ.

HYMN 52. 12, 9.

Birth of the Saviour.

1 ᎡᏒ ᎡᏃᏉ ᎠᏫ ᏓᏂᏎᏒᏰ.Ꭲ
ᎤᏂᏅᏒᎢ ᎠᏂᏁᎢ,
ᎾᏣ ᎤᏫᏄᎪᏤ ᎠᏂᏅᏏᏙ.Ꮿ,
ᎤᏩᏒ ᎢᏎ ᎤᏙᏤᎢ.

2 ᎤᏂᏍᏎᏄᏃ, ᎯᎠ ᏂᏚᏪᏎᎴ.Ꭲ,
"ᏞᏍᏗᏉ ᏍᏥᏍᏎᎢᏢᏍᏗ;
ᎤᏝᏢᏝᏍᏗᏰᏃ ᏥᏃᏢᏝᏎ
ᎾᏅᏫᏒ ᎤᏫᏒᎪᏗ.

3 ᎢᏥᏍᏕᎵᏍᎩᏰᏃ ᎤᎬᏫᏳᎯ,
ᎾᏍᎩ ᏤᏥᎦᏖᏃᎭᎩ,
ᎤᏁᎳᏅᎯ ᎤᏪᏥ ᎦᎶᏁᏛ,
ᎪᎯ ᎢᎦ ᎢᎶᏕᏁᎸ.

4 ᎢᏤᎾ ᏕᏫ ᏅᏤᎵ ᏗᎦᏚᎭ.Ꭲ,
ᎾᏞ ᏮᏓᏰᏥᎪᏩᏛ.Ꭿ
ᎦᎸᏉᏗᏳ ᎠᏦᎵ ᎦᏅᎨᏍᏗ
ᏈᏊᎵ ᏅᎾ.ᎵᏍᏓᏴᏗᏱ."

5 ᎩᏔᏉᏃ ᎢᏴᏛ ᎤᏂᎶᏖᎢ
ᏱᎨᏩ ᏧᏁᏤᎵᏓᏍᏗ
ᎤᏁᎳᏅᎯ ᏓᏂᏃᎩᏍᏗᏍᎨᎢ,
ᎬᏂᏳ ᎯᎠ ᎾᏂᏪᏍᎨ.Ꭲ.

6 "ᎤᎶᏔᏅ.Ꭿ ᎦᎸᏉᏗᏳ ᎨᏎᏍᏗ
ᎤᏁᎳᏅᎯ ᏂᎪᎯᎸ,
ᏴᏫᏃ ᏄᏍᏛ ᎨᎦᏓᏅᏖᏍᎨᏍᏗ,
ᎡᎶᎯᏃ ᏙᎯ.Ᏹ ᎨᏎᏍᏗ."

7 ᎾᏍᎩ ᏄᏂᏪᏎ ᎦᎸᎶ ᎠᏁᎯ,
ᎠᏴ ᎾᏍᏉ ᎾᏍᎩ ᏂᏗᏫ;
ᎤᎶᏔᏅᎯ ᎦᎸᏉᏗᏳ ᎨᏎᏍᏗ
ᎤᏁᎳᏅᎯ ᏂᎪᎯᎸ.

8 ᏴᏫᏃ ᏄᏍᏛ ᎨᎦᏓᏅᏖᏍᎨᏍᏗ,
ᎡᎶᎯᏃ ᏙᎯ ᎨᏎᏍᏗ;
ᎢᏳᏍᏕᎵᏍᎩᏰᏃ ᏞᏉ ᎤᏚᏅ,
ᎢᎦᏁᎳᏅᎯ ᎤᏪᏥ.

ᏗᎧᏃᎩᏛᏗ.

HYMN 53. 11s.

The same.

1 ᎢᎨᎾ ᎧᏕᎶᏉᎢ ᎦᏚᏱ
ᎦᎶᏁᎵ, ᏬᎬᎧᏳ.Ꭿ ᏅᏍᎨ,
ᎾᏍᎩ ᎪᎯ ᎢᎦ ᎢᎶᏕᏁᏉ;
ᎢᏓᏓᏙᎵᏍᏓ ᎾᏍᎩ ᏚᏩᏍᎬ.Ꭲ

2 ᏂᎦᏛ ᎣᏍᎩᏍᏕᎵᏍᎩ ᏣᎦᎨᎵᎦ,
ᎢᏣᏉᏒᏗ ᏍᎩᏍᏙᎵᏣᎢ;
ᏞᏒ ᏴᎧ ᏂᎦᎵᏍᏓ ᏱᎣᎨᏩ;
ᎢᏓᏓᏙᎵᏍᏓ ᎾᏍᎩ ᏚᏩᏍᎬ.Ꭲ.

3 ᎠᏍᏓᏍᏛ ᏗᏗᏃᎩ ᏚᏙᎥ.Ꭲ,
ᎡᏗᏉᏒᏕᏍᏗ ᎢᎩᏍᏕᎵᏍᎩ;
ᎨᏛᎾ ᏩᏍᏛᎢ ᎦᏉᏔᏗᏳ!
ᎢᏓᏓᏙᎵᏍᏓ ᎾᏍᎩ ᏚᏩᏍᎬ.Ꭲ

HYMN 54.

Death of Christ.

1 ᎡᎨᎪᎡᏍᎪ ᎢᎩᏍᏕᎵᏍᎩ
ᎢᎦᏁᏔᏅᎯ?
ᎢᎩᎦᎱᎯᏎᎴ;
ᎢᎩᏙᎵᏍᏗᏱᏒ
ᏬᎩᎬ ᎢᎦᏧᏰᏗᏍᎨ.Ꭲ.

2 ᎨᏛ ᎦᏕ ᎤᎩᎵᎦᏣᎯ
ᏰᎩ ᏚᏂᏀᏖ,
ᏞᏒ ᎤᎦᎱᏎᎢ,
ᎠᏰ ᎢᎩᏍᏕᎵᏍᎨ,
ᎣᏍᏛ ᎢᎦᎵᏍᏓᏁᏗᏱ

3 ᏥᏌ ᏍᏙᏒ, ᎤᏭᎯᏍᏓᏁᎴ,
Ꭹ. Ꭼ ᎤᏤᏬᏤᎴ,
ᎠᏥᏰᎵᏍᎨᏉᏃ;
ᏇᏄ ᎤᏍᎪᏄᏤᎢ,
ᎤᏂᎴ, ᎦᏛ Ꭴ. ᎵᏍᏆᏕᎴ. Ꭲ.

4 ᎢᎦ ᎿᏉ Ꭴ. ᎵᏏᎩ Ꮚ. ᎵᏍᎳᏁ,
ᎦᏙ. Ꭿ Ꭴ. ᎵᏖᏄᏁ,
ᎾᎯᏳ ᏚᏲᏤᎢ
ᏅᏯ ᏧᎵᏂᎩᏛ
ᎢᎩᏍᏕᎵᏍᎩ ᎤᏲᎱᏒ.

5 ᎿᏉ Ꭴ. ᎵᏍᏆᏕ; ᎤᎫᏴᎳᏁ
ᎤᏩᏒ ᎤᎩᎬ,
ᎿᏉ ᎤᏂᏄᏁᎢ,
ᏅᏲ. Ꭿ ᎤᏂᏂᏌᏁ,
ᏅᏯ ᎤᏂᏞᏁ ᎦᎨᏛ.

6 ᎠᏎᏃ ᏥᏌ ᎢᎤᏗᏛ?,
Ꭴ. ᎵᏌᏔᏓᏁᏃ,
ᎤᏙᏓ ᏧᏬᏄᎢ
ᏫᎤᏩᏒ, ᎿᏉᏃ
ᎠᏓᏙᎵᏍᏗ ᎢᎩᏍᏕᎵ. Ꭽ.

7 ᏱᎩᏙᎵᎩ ᏱᎪᎯᏳ. Ꭽ
ᎠᎴ ᏰᏗᎨᏳ. Ꭽ;
ᏰᏓᎵᏍᎦᏍᏙᏗᎭ
ᎡᏗᎪᏩᏛᏗᏉ
ᎨᏎᏍᏗ ᎦᏄᏔᏗ ᏦᏒ.

HYMN 55. L. M.

Christ's Death, Resurrection and Ascension.

1 ᎠᏋᎱᏍᎦ! ᎠᏂᏍᎦᎾ
ᏚᎨᏳᎯ ᎠᏋᎱᏍᎦ!
ᎦᏄᎶ ᎠᎴᏏᏩᏍᎦ!
ᎡᎶᎯ Ꭰ.ᎴᏐᏄᏬᏍᎦ!

2 ᎡᏪᎾ ᎢᏦᎯᏳᏅ.Ꭿ
ᎾᏍᎩ ᎡᏥᏍᎪᏂᎮᏍᏗ,
ᏂᎯ ᎢᏥᎩᎴᏋᏪ.Ᏺ;
ᏂᎯ ᎢᏥᏋᎱᎯᏎ.Ᏺ.

3 ᎤᏩᏘ ᎤᏍᏆᏂᎪᏗ!
ᎤᎬᏫᏳ.Ꭿ ᎠᏋᎱᏍᎦ!
ᏴᏫ ᎤᏂᏍᎦᏅᏨᎢ
ᎤᎩᎬ ᎤᏪᏯᏪᏲ!

4 ᎠᏎᏃ ᎤᎴᎮᎴᏍᏗ.Ᏻ
ᏣᏌ ᎢᏗᎪᏩᏘᏲ!
ᎤᏋᎱᎡ Ꭿ ᏥᎨᎡᎩ
ᎬᏂᏳᏌ ᏓᎷᏩᏍᎦ!

5 ᏣᏌ ᎤᏙᏓ ᏧᏯᏄ
ᎢᏗᏢ ᏫᏕᎠᎷᏓ!
ᎾᏣ ᏧᏁᏪᎴᏓᏍᏗ
ᏅᏍᏫ ᎬᏩᏓᏂᏄᎦ!

6 Ꮻ ᏣᏌ ᎢᏥᏋᎯᏍᏓ
ᏕᏥᎦᏌᏯᎢᏬᎢ;

Ꮳ ᏣᏌ ᎡᎶᎴᎡᎴᎩ
ᎢᎶ.ᎴᏌᏔᏓᏁᏄᎯ

HYMN 56. C. M.

"Alas! and did- -"

Ꭰ.ᎩᏍᏕᎴᏍᎩ ᏥᎯᎢ Ꭲ
Ꭹ.Ꭼ ᎤᏪᏯᏪᏧ,
ᏥᏍᎦᏅ ᎠᏗᏬᏍᎨᎢ
Ꭴ.ᎴᏍᏆᏕᏧᎢ.

2 ᏥᏍᎦᎾᎯᏳ ᎨᏒᎢ
ᎨᏑ ᎠᎦᏑᏁ.Ꭲ,
ᏄᏋᏓ Ꮔ.ᎴᏍᏓᏁᏧᎢ,
ᎠᎩᏍᏕᎴᏍᎨᎢ.

3 Ꮻ ᏄᎢ ᎤᏍᎪᏄᏇᎢ
ᏣᏌ Ꭴ.ᎴᏍᏆᏕᏄ
ᏴᏫ ᎤᏂᏍᎦᏅᏨᎯ
ᏕᏗᏬᏍᎨᎢ.

4 ᏣᏌ ᎦᏓᏅᏛᏍᎬᎢ
ᎦᏑ ᏥᎪᏩᏑ,
ᏗᏥᎦᏙᎴ ᎤᏩᏙ
ᎠᏱ ᏕᎦᏔᎢ.

5 Ꭸ.ᎥᎢ ᏕᎬᏋᎯᏏ
ᏍᎩᏋᎱᎯᏎᏄ.Ꭿ,
ᎾᏍᎩᏌ ᎤᏩᏒᎯᏳ
ᎢᎬᏋᏑᏁᏗ.

HYMN 57. 7, 6.

Love to Jesus.

1 ᎤᏣᏘ ᏥᎨᏳᎠ
ᏥᏌ ᎦᏣᏁᏛ;
ᎾᏍᎩ ᎠᎩᏍᏕᎵᏍᎩ
ᎠᏆᎫᏴᏛᏃ.
ᎾᏍᎩ ᏥᎸᏉᏕᏍᏗ
ᏂᎪᎯᎸ ᎨᎥ.Ꭲ,
ᎠᎴ ᏥᏃᎮᏍᎨᏍᏗ
ᎤᏓᏙᎵᏣᏛ.Ꭲ.

2 ᎠᎩᏍᏕᎵᏍᎩ ᏥᏌ
ᎦᎸᎳᏗ ᏦᎡ
ᏅᏧᏓᎴᏅᎲᎾ
ᎦᎸᏉᏗ ᎡᎮ.Ꭲ;
ᎾᎿ ᎠᏁ.Ꭿ ᏂᎦᏛ
ᎾᏍᎩ ᏚᎳᏍᎬᎢ
ᎱᎬᏊᏢ ᎡᎳᏗ
ᎬᏩᏓᏅᏁᎮ.Ꭲ

3 ᎠᏎᏃ ᏅᏣᎳᏅ Ꭿ
ᎤᏍᏆᏂᎪᏗᏳ
ᎤᏓᏙᎵᏣᏛᎢ
ᏥᏥᎪᏩᏘᎭ!
ᎦᎸᏉᏗ ᎨᎡᎢ
ᎿᏉ ᏅᏩᏕᏨ;
ᎣᎨᏩᏃ ᎤᏪᏥ
ᏴᏫ ᏂᎦᎵᏍᏓ!

4 ᏴᏫ ᎠᏁᏙᎲᎢ
ᎡᎳᏗ ᎡᏙᎭ,
ᏧᏏ ᏂᏓᏛᏁᎭ
ᏴᏫ ᏂᎪᎯᎸ.
ᎬᏩᏂᏆᏘᎲᎢ
Ꮭ ᏍᎦᏌᏍᏍᏗ.Ꭽ,
ᏧᏏ ᏂᏓᏛᏁᎭ
ᎾᏍᎵᎪᎬᎾ.

5 ᎤᏍᏆᏂᎪᏗᏳᏃ
ᎠᏏ ᏥᎪᏩᏘ.Ꭽ;
ᎠᎩᏍᏕᎵᏍᎩᏰᏃ
ᎿᏉ ᎠᏂᎱᏍᎦ.
ᏧᏍᏛ ᎢᏧᏛᏁᏳ.Ꭿ
ᏴᏫ ᎬᏩᎯᎭ;
ᎾᏍᎩᏃ ᎬᏩᎯᎯ
ᏓᏂᎱᎯᏎᎭ.

6 ᏥᏌ ᎠᎩᏍᏕᎵᏍᎩ
ᏂᎯ ᎬᎨᏳᎠ,
ᏂᎪᎯᎸ ᎨᎥᎢ
ᎨᎸᏉᏗᏍᎨᏍᏗ
ᏴᏫ ᏘᏙᎵᏨᎯ,
ᏴᏫ ᏘᏍᏕᎵᏍᎩ,
ᎨᏣᎸᏉᏗᏍᎨᏍᏗ
ᏴᏫ ᎾᏂᎥᎢ.

HYMN 58. C. M.

The same.

1 ᏬᏩᏝᏅᎯ ᏥᎰᏀ.Ꭲ
ᏲᏰ ᎦᏩᏁᏍ,
ᏬᏩᏦ ᎤᎩᏝᏏᏙ
ᎠᎩᏍᏕᏝᏍᎰᎢ.

2 ᎤᎩᎨ ᎦᏒᏛᏗᏀ
ᎤᏙᏡᏙᎣᎢ,
ᏗᏝᏰᎢᏒᏍᏗᏍᎰᎢ
ᎠᎩᏍᎦᏅᏟᎢ.

3 ᏂᎦᏛ ᎠᏴ ᏍᏆᏗᏲᏍ
ᏲᏰ ᎦᏩᏁᏍ,
ᏚᎬᏏᎯᏏ ᎰᎥᎢ,
ᏩᏙᏝ ᎰᏐᏍᏗ.

4 ᏩᏙᏝᎪᎯ ᏗᎰᏒ
ᎠᏎ ᏅᏲᎻᏟ.Ꮀ,
ᎾᏂᏃ ᏂᎪᎯᏒᎢ
ᎬᏒᏛᏗᏍᎰᏍᏗ.

HYMN 59. C. P. M

Sacramental—"'Twas on that dark—"

1 ᎾᏍᎩ ᎢᏳᎢ ᎡᏃᏱ,
ᏣᏍᎩᏃ ᎠᏁ.Ꭿ ᎡᏩᎯ.Ꮓ
ᏲᏍᎾᏍᏁᎢ;
ᎦᏒᏔᏗ Ꭱ.Ꭿ ᎤᏪᏲ,
ᎤᏙᏝᎦᏑ ᎤᏪᏲ,
ᏩᏂᏂᏆᏘᏢ.Ꭲ;

2 ᎾᏍᏛ ᏧᏝᎢ ᎰᏒᎢ
ᏂᏛ ᏥᎨᏩᏡᏗᏍᎰ;
ᎦᏚ ᎤᎩᏐᎢ,
ᏂᏛᏃ ᎤᎬᏫᏳᏌ.Ꭲ;
ᏂᏛᏃ ᎤᏝᏢᏝᏟ
ᎯᎠ ᏄᏪᏎᎢ.

3 "ᎯᎠ ᎠᏴ ᎠᎩᏇᏓ
ᎢᏣᏝᎬᏫᏳᏌᏕ;
ᎢᏲᎩ;—ᎢᏲᎦ;
ᎠᏝᏍᏓᏴᏗ ᎬᏂᏍ."
ᎠᎴ ᏂᏛ ᎠᏗᏔᏍᏗ
ᎢᏍᏁᎩᏎᎢ.

4 "ᎯᎠ ᎠᏴ ᎠᎩᎩᎬ
ᎤᏙᏡᏟ ᎢᏩᏅᏡ;
ᎢᏣᏗᏔᏍᎰᏍᏗ.
ᎾᏍᎩ ᏂᏩᏍᏁᏢᏍᏗ
ᏲᎪᎯᏒ ᎡᏩ.Ꭿ ᎰᏒ."
ᏕᎤᏡᏎᎢ.

5 "ᎠᎴ ᎢᏩ:ᏅᏓᏗᏍᎰᏍᏗ
ᎢᏟᏏᏅᎯᏎᏒᎢ,
Ꮒ.Ꭿ ᎢᏟᏍᏕᏝᏍᎩ;
ᎠᏆᏙᏝ ᎦᏍᎩᏒᎢ

ᏕᏳᏓᎪᏩᏘᏍᎨᏍᏗ,
ᏍᎩᏃᎮᏍᎨᏍᏗᏃ"

6 ᎠᎴᏍᏓᏴᏗ ᏳᏤᎴ
ᎯᎠ ᏙᏳᎦᏫᏍᏗᏱ,
ᏥᏌ ᏕᏳᏁᎸ;
ᏳᏰᎱᏒ ᎬᏂᎨᏒ,
ᏃᏨᏁ; ᏕᏳᏙᎥᏃ
ᏙᏥᏃᎩᏍᏗᏱ.

HYMN 60. C. M.

The same.

1 ᏥᏌ ᎣᏏ ᎠᏕᎳᏱ
ᎢᏕᏛᎾᏌᎸ.Ꭲ,
ᎠᏛ ᎢᎬᎨᎾᏌᎸ
ᎤᏯᎦ ᏅᏫᎸ.Ꭲ.

2 ᏧᎾᎴᏍᏕᏊᏙᏗᏃ
ᏗᏕᏓᏅᏙᎩ,
ᎠᎴᏍᏓᏴᏗ ᏅᏤᎴ
ᎢᏕ.ᎴᏍᎪᏊᏓᏁ.Ᏹ.

3 ᏥᏌ ᏝᏉ ᎢᎬᏱᏢ
ᎢᎩᏍᎩᎳᏕᏊ;
ᏝᏉ ᎤᏩᏒ ᎤᏫᏍ
ᎯᎠ ᎢᏨᏔᏍᏗ.Ᏹ.

4 ᎩᎬ ᎤᏩᏒ ᎤᏤᎴ
ᏥᏕᎩᎱᎥᏍᏕ,—

ᎾᏍᎩ ᎢᏓᎦᎩᏍᎨᏍᏗ
ᎢᏓ.ᏅᏓᏗᏍᎨᏍᏗ

5 ᎬᏂ ᎠᏂ ᎤᏰᎱᏒ.Ꮖ
ᏕᎾᏊᎪᏥᏊ.Ᏹ—
ᎩᎳ ᏝᏉ ᏂᎪᎯᏊ
ᏕᏓᏓᏂᏊᏨ.Ᏹ.

HYMN 61. L. M

The same.

1 ᎤᏲᏘ ᎢᎩᏨᏳᎥ
ᏕᏊᎳᏗ Ꭱ.Ꮑ ᎤᏪᏥ,
ᏊᏰᏢ ᏂᏕᎸᏅᎢ
ᏕᏊᎳᏗ ᏧᎸᏕᏁ.Ꭲ.

2 ᎠᏴ ᎢᎩᏙᎴᎬᎢ
ᎡᎳᏗ ᏅᎹᏥᏟᎢ;
ᏕᏨᎸ ᎢᎩᏍᏕᏅᏨ
ᎤᏓᏊᏴᏔᏂᏟᎢ.

3 ᏭᎴᏙᎯᏍᎸ ᎢᏴᎸ
ᏥᏌ ᏕᏕᏘᏁᏨᎢ,
ᏥᏂᏕᏒ ᎠᎩᎴᏬ
ᎠᏬᏊ ᏋᏩᏘᏍᏨᎢ

4 ᏝᏉ ᏕᏊᏳ ᏭᏳᏒ,
ᏕᏬᏗᎪᏩᎸᏗᏃ
ᏬᎴ ᏂᏨᏒᎾ ᏒᏳᎯ,
ᎤᏙᏙᏉ Ꮥ.ᎴᏙᎯᏍᏗ

5 ᎠᏎᏃ ᎢᎩᎨᏳᏒᎢ
Ꮯ ᎡᏍᎦ ᏱᏄᏁᏍᎦᏔᏅ,
ᎠᏏ ᏅᏅᏔ ᏫᎾᏞ,
ᎠᏴᏃ ᏂᎬᏂᎾᏏ.

6 ᏣᏉ ᎾᏕᎬᎾᏯᏗ
ᏂᎦᏛ ᏗᎦᏔᏅᏙ,
ᏦᎠ ᏥᏌ ᎤᏲᎱᏒ.Ꭲ
ᎬᏂᏰᏒ ᏥᏂᏛᏁ.Ꮙ.

HYMN 62. 8, 7.

Baptism—self-dedication.

1 ᏍᎨᏩ ᏣᏁᏔᏅᏗ,
ᏕᎬᏋᏔᎦᏗᏏ,
ᏣᏉ ᎠᏴ ᏂᎪᏗᏭ
ᏫᏗᏆᏔᏛ ᏰᎳᏍᏗ.

2 ᏗᎦᏴᎵᎨ.Ꭲ, ᏉᏒᏔᏔ
ᏆᏥ ᎤᏰᎸᏛ.Ꭲ,
ᎾᏍᎩᏃ ᎠᎩᏍᏕᏅᏛ
ᏂᎦᏛ ᏍᎩᏙᎵᎩ.

3 ᏣᏔᏙᎵᏣᏛ ᏥᏌ
ᏫᎩᎦᎶᏗᏐᏭᏗ,
ᏣᎩᎬ ᏍᎩᏅᎦᏭᏔ,
ᎤᏁᎩᏳ ᏂᏍᏆᏛ.

4 ᎡᏣᏭᏉᏗ ᎠᏔ.ᏅᏙ
ᎠᏂ ᏗᎦᏔᎯᏍᏗ;
ᎠᎩᎾᏫ ᏧᏒᏛ ᏅᎦ,
ᎾᏣᏃ ᏉᏁᏔᏔ.

HYMN 63. C. M.

Self-consecration.

1 ᎦᏭᏔᏗ ᎮᏗ, ᏂᏗ
ᎠᏴ ᏫᏗᏁᏔᏅ.Ꮧ,
ᎠᏎ ᏍᎩᏍᏆᏂᎪᏗᏍᎩ
ᎠᏎ ᏫᎩᏍᏕᎵᏍᎩ.

2 ᎩᎬ ᏍᏆᏧᏴᏔᏅᏗ;
ᏣᏈᎵ ᎬᏅᎢ;
ᏥᏌᏭ.Ꭲ ᏕᎬᏒᏗᏏ,
ᎠᏎ ᎠᏆᏔ.ᏅᏙ.

HYMN 64. C. M.

Dedication of children

1 ᏥᏌ ᎡᏣᏗ ᏈᎮᎢ
ᏚᎾᏜᏃᎮᏍ
ᏧᏁᏥ, ᎤᎾᏕᎵᏍᏓ
ᏧᏏᏔᏗᏍᏗᏱ.

2 ᎢᎦᏛᏃ ᏚᏂᎪᏩ
ᏚᏂᏅᏍᏔᏕᏍ.Ꭲ;
ᎠᏎᏃ ᏥᏌ ᎤᏁᏨ
ᏗᎠ ᏄᏪᏎᎢ.

3 ᏞᏍᏗ ᏗᏥᏅᏍᏔᏕᎬ
ᎬᏯᎷᎦᏗᏱ

ᎾᏍᎩᏰᏃ ᎢᏳᎾᏍᏗ
ᏦᏒ ᏣᏁᎮᏍᏗ.

4 ᎾᏉ ᏥᏌ ᏩᎬᎾᏳ Ꭿ,
ᏛᎩᏍᏕᏍ ᏦᎰᏥ
ᏦᏤᏲᏗ, ᎰᏩᎰᏳ
ᎢᏳᎾᎴᏍᏙᏗ Ꮏ.

5 ᎰᏩᏓᏙᎴᏍᏓᏏᏃ
ᏕᎯᏙᎴᎰᏍᏗ,
ᏓᏍᏗ ᎠᏍᎩᎾ ᏧᏤᎴ
ᏅᏆᎾ. ᎴᏍᏔᏁᏗ.

6 ᎠᏴ ᏅᏩᎴᎮᎴᏋ
ᏛᎩᏜᏤᎴ ᏥᎩ,
ᎠᎴ ᎾᏍᏉ ᏗᏩᏤᎴ
ᎰᏎᏍᏗ ᏦᎰᏥ.

HYMN 65. C. P. M.

Dedication of a house of worship.

1 ᎡᏩᏆᏉᏗ ᏅᎰᏩ,
ᏋᏆᏔᏗ Ꮹ. ᎴᏙᎯᏍᏗ,
ᎾᎾᏍᏛᎾ ᎮᏒ;
ᎥᏝ ᎤᏗᎩᏳ ᏱᎩ
ᏗᏩᏫᎾᏂᏓᏍᏗᏱ
ᏋᏆᏫ ᏩᏤᎴ.

2 ᏂᏋ ᏂᏩᎾᏰᎯᏍᏗ,
ᏓᏍᎩᏜᏓᏬᏴᏂᏍᎪ,
ᏅᏤᏩ ᏅᎩᏲ?

ᏥᎪ ᏥᏌ ᏕᎤᏙᏍᏛ
ᏓᏍᎩᏜᏓᏂᏆᏤᎴ
ᏕᏣᏲᎯᏎᏪ.Ꭲ?

3 ᎯᎠᏲ ᎠᏓᏁᏆᎢ
ᎢᏣᏜᎴᏍᎪᏆᏓᏏ,
ᏅᎰᏩ, ᏍᎩᏙᏓ;
ᏩᏤᎴ ᎾᏂᎦᎴᏍᏓ,
ᎠᏎᏬ ᏂᎪᎯᏆᎢ
ᏩᏴᏍᏗ ᎰᏎᏍᏗ.

4 ᎠᏂ ᎾᎦᎾᏆᎪᎩ
ᏋᏆᏉᏗ ᏕᏩᏙᎥ,
ᏋᏆᏔᏗ ᎮᎯ;
ᎯᎠ ᏩᏤᎴ Ꮖ. ᎴᏦᏕ
ᏩᏎᎴᏍᎬ ᎾᏂᎦ. ᎴᏍᏓ,
ᏣᏉ ᏙᎩᏲᎯ.

5 ᎠᏂ ᎡᏩᎹᎩᏍᎰᏍᏗ
ᎠᏎᏬ ᏗᏫᏃᎩᎹ
Ꮣ. ᎴᏌᏔᏗᏍᏗᎰᏍᏗ
ᏅᏩᏓᏙᎴᏍᏗᏍᎰᏍᏗ,
ᏋᏆᏔᏗ ᏗᏤᏅᏒ
ᏔᎹᎩᏍᎰᏍᏗᏉ.

6 ᎠᏂ ᎡᏍᏋ ᎰᏩᏰᏆ
ᏚᏂᏲᏍᎰᏍᏗ ᎤᏲᎢ,
Ꭰ. ᎾᎹᏂᏗᏍᎰᏍᏗ
ᎠᏂ ᏗᏩᏤᎴ ᏇᎾ
ᎰᏩᎴᎮᎴᏤᎮᏍᏗ
ᏣᏉ ᏂᎪᎯᏆ.

HYMN 66. L. M.

Monthly Concert.

1 ᏕᏄᎳᏗ ᎮᎯ, ᏂᎯ
ᏥᏕᎢ ᏩᎵᏂᎩᏗ꞉Ꮹ,
ᏂᏕᏛᏃ ᏩᎦᎵᏍᎬ
ᏋᎵ ᎢᏤᏩᏛᏁᏗ.

2 ᏞᏍᏗ ᏙᏥ ᏕᏩᏁᏫ
ᎤᎬᏫᏳᎯ ᏂᏴᏕ,
ᎨᏍᎯᏳᏓᏍᎨᏍᏗᏃ
ᏂᎬᎾᏛᎢ ᎡᏆᎯ.

HYMN 67. L. M.

Monthly Concert.

1 ᏣᎬᏫᏳ꞉Ꭿ ᏣᏁᎳᏅᎯ
ᎠᏂ ᏚᏨᎳᏫᏦᏕ,
ᎤᏲᏍᏛᏍᏗ ᏃᏕᏛᏅ
ᏍᎩᏯᏙᎵᎩᏍᏗ ᎠᏴ.

2 ᎠᏎ ᏧᎾᏓᏎᏅᏛ
ᏴᏫ ᎦᏂᎦᏔᎥᎢ
ᏤᏙᎵᎩ, ᏦᎩᏙᏓ,
ᎤᎵᏏᎬᏍᏗ ᎠᏂᏅ.

3 ᏣᎬᏫᏳᎯ ᏤᏎᏍᏗ
ᏂᎬᎾᏛᎢ ᎡᏆᎯ,
ᎠᏎ ᏂᏕᏗᏳ ᏴᏫ
ᏗᏆᏤᎵᏕ ᏤᏎᏍᏗ.

HYMN 68. 7, 6.

Monthly Concert.

1 ᏴᏫ ᎦᏂᎦᏔᎥ
ᎠᏂ ᎡᎳᏂᎬ
ᎠᏏ ᎤᏂᏩᎳᏅ꞉Ꭿ
Ꭴ꞉ᎵᏏᎬ ᎠᏂᏅ;
ᎾᏂᏲᎵᎪᎬᎾ
ᏤᎩᎳᏂᏎᎸ
ᎠᏴ ᏤᏗᏍᏕᏍᏗ
ᎤᏁ ᏄᎾᏛᏅ꞉Ꭲ.

2 ᎤᏅᏒ ᏧᏃᏢᏅ꞉Ꭿ
ᏧᎾᏁᎳᏅᎯ
ᏓᎾᏓᏙᎵᏍᏓᏁ
ᏂᎦᎩᏨᏂᏒ;
ᏞᏍᏗ ᎤᏎᏃᏅᎯ
ᏗᏗᏍᏕᏍᏗ ᎾᏍᏉ
Ꮻ ᏗᏗᏍᏕᏍᏗ ᏞᏍᏗ
ᎤᎾᏎᎾᏄᎯ.

3 ᎢᏕᏛᏕᏅᎯᏃ
ᏥᎩ ᏫᏃᎮᏛ,
ᎡᏙᎢᏳᏅᎯᏃ
ᏥᎩ ᏕᏩᏁᎸ,
ᏥᎪ ᎤᎾᏁᎳᎩ
ᏓᏂᏃᎨᏥᏍᏗ
ᎤᎵᏏᎬ ᏣᏂᎾ
ᎤᏂᎶᏒ ᏴᏫ.

4 Ꭷ, ᏗᏁᏍᏚᏄᏑᎪ
Ꭴ:ᎵᏏᎬ ᏣᏂᎾ;
ᏗᏓᎵᏥᏙᎲᏏ
ᏥᏌ ᎦᏣᏁᏛ;
Ꮧ.ᎥᏃᎲᏏ ᎿᏉ
ᎾᏍᎩ ᏗᏍᏚᎵᏍᎩ
ᎨᏒ ᏄᎾᏓᎴᏒ
ᏴᏫ ᎠᏁᎲᎢ

5 ᏞᎩᏳ ᎧᏃᎮᏛ
ᎾᎨᏣᏛᎦᏏ
ᏂᎨᏣᎦᏔᎲᎾ,
ᏍᎩᏯᏁᎳᏅᎯ;
ᏞᎩᏳ ᏥᏌ ᎡᎲ:Ꭲ
ᏩᎾᏛᎦᏃᎾ,
ᎠᎴ ᏣᎬᏫᏳᎯ
ᏞᎩ ᏫᏂᎦ:ᎵᏍᏓ.

HYMN 69. L. M.

Monthly Concert.

1 ᏴᏫ ᏧᎾᏓᎴᏅᏛ
ᏂᎦᏛ ᏔᏁᎳᏅᎯ,
ᏘᏙᎵᎩ ᎤᏂᏣᏘ
ᏥᏌ ᎾᏂᎦᏔᎲᎾ.

2 ᏍᎩᏍᏚᎵᏍᎩ, ᏂᎦᏗᏳ
ᏴᏫ ᏘᏑᎱᎯᏎᏄ:Ꭿ,
ᎿᏉ ᎡᏣ:Ꭿ ᏂᎬᎾᏛ
ᏂᎯ ᏫᎨᏣᏛᎬᎦ.

3 ᏘᏅᎵ ᏘᏅᏏᏓᏍᏗ
ᏣᏑᎱᏒ ᎡᎳᏂᎬ
ᎤᏂᏃᎮᎵᏓᏍᏗᏱ;
ᏂᎦᏛ ᏨᎾᏛᎬᎦ.

4 ᎾᏑᎯᏍᏗᏍᎬᎾᏕᏃ
ᎦᏙᎯ ᏓᏂᏃᏴᎦ,
ᎠᎴ ᏧᎾᏓᏅᏙᎩ
ᎠᏥᏄ:Ᏹ ᏚᎦᏃᏴᎦ.

5 ᏥᏌ ᏣᏓᏙᎵᏣᏘ,
ᏴᏫ ᏧᎾᏓᎴᏅᏛ
ᏘᎨᏳᎯ, ᏘᏍᏚᎵᏍᎩ,
ᎿᏉ ᎢᎦ ᎳᏘᏍᏓᏏ.

HYMN 70. C. M

Morning Hymn.

1 ᎤᏓᏩᏗᏍᎬ ᏒᏃᏱ
ᎿᏉ ᎠᏓᏅᎾ,
ᏚᏗᎧᏅ ᎿᏉ ᎢᎦ
ᏚᎦᏄᏌᏓᏓ.

2 ᎦᎨᏗ ᎢᎦᏓᏅᏛ
ᏚᎦᏂᏢᏅᎩ,
ᎢᎩᏯᏬᏐᎵᏌᏛ
ᎢᏓᏗᏓᎾᎩ.

3 ᏧᏏᏳ ᎢᎩᎦᏘᏏ
ᎢᎦᏁᎳᏅᎯ,

ᎠᎴ ᎤᏩᏙᎯᏍᏛ
ᎢᏗᎱᎾᎥᎩ.

4 ᏂᏚᏄᏍᎬᎾ ᎰᏱᎢ,
ᎦᎩᎧᏃᎢᏯ,
ᏂᎸᎤᎾ ᎢᏚᏚᏛ,
ᎢᎩᏍᏆᏂᎪᏙᎢ.

5 Ꮏ ᎥᎩᎩᏨᏍᏚ,
ᎡᏓᎱᎡᎱᎲ
ᏗᎩᎧᏏᏩᏗᏙᎯ
ᏂᎪᎯᏄ ᎠᏂ.

6 ᏂᏕᎩᏨᏂᎡᏯᏃ
ᏚᏄᏔᏗ ᏤᎯ
ᏪᏃ ᎦᏗᏃᎩᏍᎰᏍᏗ,
ᏦᏒ ᎧᏚᎷᎩ.

HYMN 71. C. M.

Morning Hymn.

1 ᏱᎰᏩ, ᏣᎬᏫᏳᎯ,
ᎪᎯ ᏑᎾᎴᎢ
ᏂᎯ ᎦᎬᏃᎩᏍᏗᏱ
ᏬᎩᏍᏆᏂᎪᏗᏍᎩ.

2 ᏂᎯ ᏬᎩᏍᏆᏂᎪᏔᎤ
ᏒᏃᏱ ᎲᎱᏍᎢ;
ᎨᏍᏓᏙᎱᏍᏓᏁᏱ
ᎪᎯ ᏑᎾᎴᎢ

3 ᏚᏄᏔᏗ ᏗᏦᏄᎢ
ᏅᏗᏚᏚᏂᏱ,
ᏬᏆᏛᎬᏚ ᏗᏤᎤᏒᎢ,
ᏧᏍᏛᏃ ᏂᏍᏜᏚ.

4 ᎰᎥᎢ ᏋᎬᏲᎯᏏ,
ᏩᏤᎱ ᎰᏎᏍᏗ;
ᎡᎶᎯ ᎲᎶᎱᎤᏱ
ᏗᏍᎩᏬᎤᏍᏯ.

HYMN 72. 7s

Morning Hymn.

1 ᎣᏓᏩᏗᏍᎬ Ꮏ
ᎬᏂᏳ ᎠᏓᎤᎾ,
ᎦᏓᎧᎤᏃ ᎢᏚ
ᎦᏚᏄᏌᏓᏗᏚ.

2 ᏬᎩᏍᏁᏔᎤᎯ ᏂᎯ
ᏬᎩᏲᏬᏙᏓᏁᏢᏍᏗ
ᎠᏍᏚᎾ ᏄᏓᎴᏒ,
ᎪᎯ ᎢᏚ ᎰᏒᎢ.

3 ᏦᏚᏓᎤᏙᎩᎯ
ᏅᏚᎷᎩ ᏩᏓᎤᏙ,
ᎣᏲᏃ ᏕᎤᏚᏄᎢ.
ᏂᏚᏛ ᏓᎤᏚᏄ.

4 ᏬᎩᏍᎦᏄ, ᏧᎩᏙᏏ,
ᏩᏕᎱᏬᎬ ᏂᏚ

ᏦᎩᏄᎾᏍᏏᏁᏗ:Ꮼ
ᎪᏯ, ᎠᎣ ᎾᏆᏎ.

5 ᏛᎦᏙᎴᏙᏓᏃ,
ᎾᏍᏆᎣ ᏂᎪᏯᏄ,
ᏬᎩᏲᏍᏙᏏᏁᎮᏍᏗ
ᎠᏍᏕᎤᎢᏍᏗ ᎨᎡ

6 Ꮆ:ᎴᏍᏆᏛᏃ ᏙᏣᎤ
ᏞᏍ ᏗᏍᎩᏍᎤᏓ Ꮼ
ᎤᏲ ᎤᏗᎨᎡᎾ
ᏕᏄᏩ ᏗᎦᎤᎡ.

HYMN 73. 8, 3, 3, 6.

Morning Hymn.

1 ᏞᏍ ᎬᎾᎣ ᏂᏕ:ᎴᏍᏏ,
ᎠᏰᏃ
ᏬᎨᎦ
ᎬᏍᎴᎡᎴᎲ

2 ᏂᏯᏰᏃ ᏂᎪᏯᏄ
ᎡᏃᏬ
ᎲᎴᏓ:Ꭲ
ᏬᎩᏍᏆᏂᎪᏛᎩ

3 ᏞᏍᏃ ᏍᏆᏯᏂᏎᏍᏗ
ᏳᎦᎴ
ᎤᏃᏯ
ᏀᏯ ᎢᏕ ᎲᎩ

4 ᏂᎪᏯᏄ ᏍᏆᎦᎴᏕ
ᎨᏎᏍᏗ
ᎡᏩᏯ
ᏕᎣᏂᏙᏓᎢ.

5 ᎬᎤᏃ ᏕᏩᏐᎤᏬ
ᏳᎦᎴ
ᏗᎨᎡ
ᎬᏄᏍᏔᎤᏬ.

HYMN 74. 8,·3, 3, 6

Evening Hymn.

1 ᏞᏍ ᎡᏃᏬ ᏂᏕ:ᎴᏍᏏ,
ᎠᏰᏃ
ᏬᎨᎦ
ᎬᏍᎴᎡᎴᎲ.

2 ᏂᏯᏰᏃ ᎢᏕ
ᎨᎡᎢ
ᏛᏏᏳ
ᏬᎩᏍᏆᏂᎪᏛᎩ.

3 ᏞᏍᏃ ᎶᎴᏬᎶᏕ
ᎡᏃᏬ
ᎲᎴᏓ:Ꭲ
ᏬᎩᏍᏆᏂᎪᏕᏍᏗ.

4 ᏂᎪᏯᏄ ᏍᏆᎦᎴᏕ
ᎨᏎᏍᏗ

ᎡᏩᎲ
ᎦᏧᏂᏙᏍᎢ.

5 ᎬᏅᏃ ᎦᏩᏉᏅᎯ
ᏩᏁᏝ
ᏗᎨᏒ
ᎬᏑᏰᏔᏅᎯ.

HYMN 75. C. M.

Evening Hymn.

1 ᏣᎨᏩ, ᏔᏍᎦᏅᎯ
ᎦᏚᏙᏝᏗᏍᎬᎢ;
ᏂᎪᎲᏑᏰᏃ ᏣᏉ
ᏩᏁᏝ ᎨᎢᎢ.

2 ᎠᏧᏬ ᎤᏙᎸᏆᏍ
ᎬᎾᏰᏍᏗ ᏂᎲ,
ᎠᏧ ᎬᎩᏍᎦᏅᎢᏍᏗ
Ꮭ ᏰᏝ ᏣᎨᏉᎢ.

3 ᎦᏩᏒᏉᏑᏍᏔᏅᏃ,
ᎠᏧ ᏓᎩᎯᎡᎲ
ᏓᎩᏑᎾᏍᏓᏁᏍᎢ,
ᎡᏃᏜ ᎨᏎᏍᏗ.

4 ᏍᎩᏍᏆᏂᎪᏗᏍᎩ ᏂᎲ
ᏂᏚᏙᏓᏛᎡ,
ᏨᎡ ᎬᏒᏓᏅᏖᏍᎨᏍᏗ
ᎡᏃᏜ ᎪᏅᎬᎢ.

5 ᎾᏍᎩ ᏄᏍᏛᏍᏗ ᏣᏆᏗ
ᎠᏆᏓᏅᏙᎩ,
ᏳᎾᏧᏃ ᏥᏰᏣᏅᎯ
ᎬᏑᏰᏔᏅᎯ.

HYMN 76. S. M.

Evening Hymn

1 ᎢᏍ ᎦᏩᏉᎾ,
ᎡᏃ ᏌᎤᏓᏩᏘ,
ᎢᏓᏓᏅᏖᏍᎨᏍᏗᏍᏉ
ᏞᏍ ᎢᏳᏍᎢ.

2 ᎤᏙᏝᏍᏆᏑᏗ ᎡᏃᏜ
Ꮭ ᏈᏓᎪᏩᏘ,
ᏣᏉᏃ ᎤᏗᏝᏅᏥ
ᎦᏙᎲ ᎤᏴᏢᎢ.

3 ᏍᎩᏯᏗᏔᏅᎲ,
ᎦᏑᏔᏗ ᎮᎲ,
ᎠᏴ ᏍᎩᏯᏛᎩᏍᎨᏍᏗ
ᏍᏆᏓᏙᏝᏍᏓ.

4 ᏍᎩᏯᏙᏝᎩᏉ
ᏍᎩᏯᏍᏅᏩᎢ;
ᎡᏃᏜ ᏣᏥᏝᏅᏩᎯ
ᏍᎩᏍᏆᏂᎪᏍᏗ

5 ᎠᏧ ᏣᏉ ᎤᏎ
ᏣᏣᎩᏝᏅᏩ,

ᎠᏎ ᏗᏍᎩᏯᏅᏒᏍ
ᏦᎰᏅᎡ ᏦᎡ:Ꭲ.

6 ᏂᎯᏍ ᏣᎡᎯ
ᎦᏣᏯᏁᎶᏗ,
ᏏᏍ ᎠᏎ ᏬᏥᏕᏥ
ᏕᏯᏔᏗ ᏦᎡ:Ꭲ.

HYMN 77. S. M.

Evening Hymn.

1 ᏕᏯᏔᏗ ᏈᎯ,
ᎠᏴ ᏍᏆᏁᏔᏅ:Ꭿ,
ᎦᏰᏉᏍᏛ ᏥᏁᎢᏍᏗ
ᎪᎯ ᎤᎡ ᏥᎩ.

2 ᎬᏬᏔᎦᏍᎬᎢ
ᏂᎯ ᏰᏁᏔᏁ:Ꭲ;
ᎠᏎ ᏂᏚᏝᏏᏂᎡ
ᎬᏯᏝᏍᏕᏍᏉᏉ:Ꭲ.

3 ᏏᏍ ᎠᏝ:ᎲᏀᏕ,
ᏕᏯᏗ ᎰᎡᎢ,
Ꮃ:ᏕᏔᏍᏗᏍᏆᎩ ᏂᎰᎡᎾ,
ᏍᏆᎩᏍᏆᏂᎪᎦᏍᏗ.

4 ᏂᎰᏝᏍᎬᎾᏃ
ᎡᏃᏘ ᏥᏝᏈᏍᏗ,
ᏕᏯᏔᏗ ᏗᏤᏅᎡ
ᏗᏍᏞᏅᏓᏍᏒ.

5 ᏂᎯ ᏗᏀᏤᏝ
ᏧᏁᏤᏝᏓᏍᏗ
ᎬᏆᎲᎾᏍᏗᏕᎰᏍᏗ
ᎬᏂ ᏥᏋᏣᏒ.

6 ᏏᏍ ᏕᏗᏒᎢ:Ꮢ,
ᎦᏕᏓᏂᏍᏣ:Ꮢ,
ᏧᏃ:Ꭿ ᎤᏁᎬ ᏀᏤᏝ
ᏍᎩᏅᏏᏁᏍᎢ.

HYMN 78. C. M

Daily Mercies and Thanks.

1 ᏂᏚᎩᏣᏂᎡ ᏂᎯ
ᎦᏣᏃᎩᏍᏗᏍᎪ,
ᎠᏎ ᎢᏣ:ᏝᏍᏕᏍᏉᏉ,
ᏕᏯᏔᏗ ᏈᎯ.

2 ᏀᏓᏉᏝᏀᏒᎢᏃ
ᏠᏀᏓᏅᏒᏝ,
ᎾᏍᎩ ᎡᏍᎯᏩ ᎰᎡ
ᏠᏥᏍᏆᏂᎪᏍᎪ:Ꭲ

3 ᏂᏚᏝᏏᏂᎡᎢᏃ
ᏃᏥᎾᏋᏍᎬᎾ
ᏙᏀᏂᏢᎢᏍᎪ, ᏂᎯ
ᏍᏆᎩᏍᏆᏂᎪᏙᎢ.

4 ᏂᎯᏰᏃ ᏂᎪᎯᎸ
ᏍᎩᏯᏙᎵᎪᎢ,
ᎣᏍᏛ ᏂᏍᎩᏯᏛᏁᎨ
Ꭲ:Ꭶ ᎠᎴ ᏒᏃᏱ

5 ᎢᏩᏍᏗᏭ ᏲᎾᎴᎢ.
ᎢᎦ ᎠᎴ ᎤᏒ,
ᏂᎯ ᎢᏨᎸᏉᏕᏍᏗ
ᏍᎩᏯᏁᎳᏅᎯ.

HYMN 79. S. M.

Sabbath Morning.

1 ᎤᏬᏚᎯ ᎪᎯ
ᎢᎩᎩᎩᏨᏧᎦ,
ᏑᎬᎾᏩᎯ ᎤᏤᎵ·
ᎪᎯ ᎢᎦ ᎨᏒ.

2 ᎪᎯ ᎢᎦ ᎨᎩ
ᎦᎸᎳᏗ ᎡᎯ
ᏂᎪᎯᎸᎢ ᎤᏣᏘ
ᎤᎸᏉᏔᏁᎢ.

3 ᎤᏯᏬᏏᎴᎢ
ᏚᎸᎾᏍᏓᏁᎸ:Ꭲ,
ᏑᏟᎯ ᎤᎸᏉᏔᏁ
ᎪᎯ ᎢᎦ ᎨᏒ.

4 ᎢᏓᏟᏂᎬᏴ
ᎫᎦᏓᎨᏩᎯ,
ᎡᏗᎸᏉᏓ ᎤᏣᏘ
ᎢᎦᏁᎳᏅᎯ.

5 ᎢᎸᏍᎩ ᏄᎡᏄ:Ꮽ
ᏮᏓᏗᎷᎨᎵ
ᏦᏒ, ᏗᎬᏩᎸᏌᏓ
ᎢᎦ ᏗᎨᏒᎢ.

HYMN 80. L. M.

Sabbath Morning.

1 ᏍᎩᏯᏁᎳᏅᎯ, ᏂᎯ
ᏗᏩᏈᎵᎦ ᎨᏎᏍᏗ
ᏦᎦᏓ:ᏅᏙ ᎪᎯ ᎢᎦ
ᎤᎾᏙᏓᏆᏍᎬ ᎨᎩ.

2 ᏍᎩᏍᏕᎸ ᏦᎩᏲᎯᏬᏗ:Ᏹ
ᎡᏣᎯ ᎠᎴ ᎠᏍᎦᎾ,
ᏄᏓᎴᏒᏃ ᎤᏏᏅ
ᎦᎸᏉᏗ ᎪᎯ ᎨᏒ.

3 ᎤᏣᏔᏅᎯᏃ ᎾᏍᏉ
ᎤᎵᏲᎵᏍᏗ ᎨᏎᏍᏗ
ᏙᎦᏓ:ᏅᏛ ᎣᏈᎡᏭ
ᎦᎸᏉᏗ ᏗᏓᏁᎸ.

4 ᎦᎸᏉᏗᏩᏃ ᎢᎦ
ᎦᏣᏏᏅᏭ ᎣᏍᏛᏉ
ᎾᏂᎦᏓᏅᏖᏍᏗ, ᏂᎯ
ᎢᏨᏯᏓᏅᏖᏍᎨᏍᏗ.

HYMN 81. 7, 6.

Close of the Year.

1 ᎤᎦᏗᏴᎭᏗᏒ
ᎿᏉ ᎤᎶᏄᏅ,
ᎤᏍᏆᎳᎯᏩᏡᏃ
ᎨᏒᎩ ᎤᎶᏗ.
ᎤᏏᏭᎵ ᎦᎸᏅ
ᎦᏕᎶᏄᏧᏍᏕ,
ᎢᎸᏬᎳᎦᏍᎬᏃ
ᏓᎩ ᏏᎵᏍᏆᏗᏲ.

2 ᎢᏗᏍᎪᏂᏢᏍᏗᏍᎪ
ᎤᏍᏆᎳᎯ ᎨᏒ
ᎢᏏᎴᏂᏙᏊᎢ
ᎠᏂ ᎡᎶᎯ ᎨᏒ?
ᏓᏍᏗ, ᎡᏗᎨᏩᎢ
ᎢᏕᏁᎳᏅᎯ,
ᏓᏍᏗᏉ ᎾᏍᎩ ᎠᏴ
ᏳᏗᏍᎪᏂᏢᏍᏗ.

3 ᏲᏢᎭ ᎢᎩᏍᎦᎵᏍᎩ
ᎬᏣᏂᏆᏗᎯ
ᎤᏲ ᏣᎾᏏᏅᏏᏏ
ᏓᏕ ᎠᏁᏊᎢ;
ᎠᎾᎵᎸᏗᏡᏃ,
ᎠᎴ ᎡᎯᏍᏗᏩ
ᎤᏲᏡᏭᏗ ᎨᏒ
ᎠᎵᏱᎶᎯᏲ.

4 ᎡᏗᎨᏩᎢᏍᎩᏂ
ᏲᏢᎭ ᏕᎶᏁᎸ
ᏓᎩ ᏏᏗᏣᎸᎯ
ᏅᏣᏙᎯᏬᎸ.
ᎠᏍᏏᏬ ᏗᏗᏃᎩ,
ᎠᎴ ᎦᎸᏅᎢ
ᏧᏍᏆᎳᎯ ᎨᏒᎢ
ᎢᏏᎵᏢᎵᎩ

HYMN 82. L. M

Funeral Hymn.

1 ᎤᏁᎳᏅᎯ ᎤᏁᏨ
ᎠᏴ ᏗᎩᏲᎱᎯᏍᏗᏱ,
ᎠᎴᏬ ᎾᏂᎥ ᏴᏫ
ᎡᎳᏗ ᏧᏂᏅᎢᏍᏗᏱ.

2 ᎠᏎᏃ ᎤᎴᏃᏅᎯ
ᏔᎵᏁᎢ ᏧᎾᎴᏗ,
ᎠᏎ ᏅᏏᏕᎵᏍᏔᏂ
ᎤᎵᏍᏆᏭᏆ ᎢᏕ ᎨᏒ

3 ᏕᎶᏁᎸ ᎤᏬᏭᎢ
ᎢᎬᏱᏢ ᎸᏂᎷᏲ,
ᏚᏂᏭᏫᏍᏏᏁᏭᎢ
ᏙᏏᎨᏆᎪᏏᏁᎵ.

4 ᎿᏉ ᎠᏃᎯᏩᏧᏱᏙ
ᏕᎶᏁᎸ ᏣᏁᏢᏍᏗ,

ᎾᏃᎯᏣᏜᏍᎨᎾᏃ
ᏧᏒᏢᎢ ᏩᏁᎵᏍᏗ.

5 ᏕᎶᏁᏛ ᏍᏊᏂᏜᏕ
ᎤᏍᏆᏔᏯᏣ ᎬᏅᎢ,
ᎠᏆᏛᏅᎢᏍᏔᏅᎯ
ᏥᏌᏍᏗ ᏥᏂᎤᏒᏉ.

HYMN 83. L. M.

Funeral Hymn.

1 ᏥᎪ ᏗᎩᏂᏴᎯᏍᏗ
ᎠᏴ ᎠᏎ ᏕᏕᎪᏗ?
ᏥᎪ ᏗᏚᎪᏓᏁᎯ
ᏧᏬᏪᎢ ᏅᏗᏕᏘ?

2 ᎾᏍᎩ ᏄᏍᏗ ᎤᎵᏁᏨ
ᏥᏤᏩ ᏕᏛᎪᏔᏅ;
ᏧᏂᏴᏫᏯ ᏩᏁᏛ,Ꭲ
ᎾᏗᏕᏘ ᏣᏉ ᎠᏎ.

3 ᎾᏗᏕᏘ ᎾᏞᎬᏉ
ᎢᏕ ᏕᎶᏆᏍᏛᏍᎨᎢ;
ᎤᏓᏅᏘ Ꮭ ᏱᎩ
ᎤᏁᏔᏅᎯ ᎤᏁᏨ,Ꭲ

4 ᎢᏓᏛᏅᎢᏍᏓᏓᏁᏕ
ᏤᏓᏜᎢᏍᏗᏱ ᏥᎪ
ᎠᏏ ᏅᏩᏙᎯᏛ
ᏥᏌᏛᏂᏙ ᎡᎶᎯ.

5 ᏣᏉᏃ ᎢᏗᏍᏆᏛᎭ
ᎠᏂ ᎢᏓᏛᏂᏙᏛ,Ꭲ
ᎢᎩᏙᏓ ᏧᏬᏪᎢ
ᎾᏕᎶᏍᏗ ᏂᎪᎯᏪ,Ꭲ.

HYMN 84. S. M.

Shortness of Life.

1 ᎸᎩᏣᏉ ᎢᏕ
ᏕᏎᎶᏆᏍᏗᏍ,
ᏕᏛᏅᏃ ᎾᏍᏉ ᎸᎩ
ᏙᏓᏎᎶᏆᏂ.

2 ᎢᏓᏓ,ᏅᏲᏍᏓᏍᏗ
ᎸᏕ ᎢᏕᏛᎢ,
ᎠᏓ ᎢᏕᏁᏔᏅᎯ
ᎡᏗᏥᏣᏎᏍᏗ.

3 ᎤᏁᏔᏅᎯᏉ
ᎤᏓᏙᎵᏣᏛ
ᏅᏗᏕᎵᏍᏙᏗ ᎠᏓ
ᏥᏓᏓᏂᏙᎲ.

4 ᏥᏌ ᎢᏓᏕᏅ
ᎠᏓ ᎢᏕ ᏥᎩ,
ᎠᏎ ᏓᎩᏙᎵᏥᏉ
ᏰᏙᎢᏣᏅᏉ

HYMN 85. C. M.

Death of Believers.

1 ᎦᏙᏃ ᎢᏗᏍᎪᏂᎨ
ᏁᎾ ᎢᎦᎴᎢ,
ᏑᏓᏓᎪᏁᏳᎩᏃ
ᎢᎩᏜᎦᏍᏓᏁᎨ:Ꭲ?

2 ᎤᏍᏑᎴᏍᎩ ᎤᏁᏨᎯ
ᎯᎠ ᏩᏥᏜᏅ,
ᎠᏲᎱᎯ ᏗᏜᏂᏛ
ᎾᎿ ᏧᏬᏊᎢ.

3 ᎠᏴ ᎾᏍᏉ ᏫᏗᎦᏘ
ᎾᏞᎬᏉ ᎢᎦ,
ᎾᏍᎩᏜᏃ ᎢᏊᎯᏳ
ᏅᏓᏓᎴᏍᏔᏂ.

4 ᎦᏙᏃ ᎢᏗᏍᎦᎢᎨ
ᎠᏱᏊ ᏚᏑᎴ,
ᎾᏍᎩ ᏊᏛᏁᏊ:Ꭲ ᏥᏌ
ᎢᎩᎯᏱᎣᎢ.

5 ᎤᏩᏒ ᎠᏥᏂᏌᏅ,
ᎬᏬᎯᎶᏅᎯ
ᏑᎦᏂᏌᏛ ᏂᎦᏛ
ᏕᏊᏉᏔᏁᎢ

6 ᎿᏉᏃ ᎤᏗᏛᎮᎢ,
ᏦᏒ ᏚᏳᏎᎢ,
ᎢᎦᏎᎮᎣᏃ ᏅᏃ:Ꭿ
ᎾᎿ ᏫᎦᏅᏅ:Ꭲ.

7 ᎠᏎᏱᏃ ᎦᏊᏔᏗ
ᎤᎬᏫᏳᎯᏌ
ᎾᏓᏓᏗᏓᏁᏍᏔᏂ
Ꭴ:ᎴᏍᏆᏊᏗ ᎢᎦ

8 ᎠᎣᏃ ᏙᏛᎾᎣᏂ
ᏧᏂᏲᎱᏒᎯ,
ᎦᏊᏳᏃ ᎢᏧᏔᏛ
ᎠᏎ ᏫᏑᎮᏜᏗ

HYMN 86. 11s.

I would not live alway.

1 ᏞᏍᏗ ᏂᎪᎯᏊᎢ ᏌᎨᏒᏜᏗ
ᎠᏂ, ᎤᏲ ᏓᏆᏈᏏᏙᏜᎢ;
ᏝᎦᏉ ᎠᏆᎣᏂᏓᏜ.Ꮧ ᏥᎩ
ᏒᏳᎯ ᏱᎴᏉ ᎠᎩᏱᏊᏛ

2 ᏝᏍᏗ ᏂᎪᎯᎸᎢ ᏱᎰᎡᏍᏗ
ᎬᎩᏍᏕᏅᎢᏍᏗ ᎾᏆ:ᏅᏍᏟᏁᏬ:Ꭲ,
ᏊᏍᏛ ᎠᏞ ᎤᏂ ᎤᏟᏅᏴᎢ;
ᏦᏍᎩᏂ ᎤᏤ ᎾᏆᏚᏅᏲ.

3 ᏝᏍᏗ ᏂᎪᎯᎸᎢ ᏱᎰᎡᏍᏗ
ᎬᎩᏍᏕᏅᎢᏍᏗ ᎾᏆ:ᏅᏍᏟᏁᏬ:Ꭲ;
ᎠᏤᏅᏍᏛᎢ Ꮳ ᏱᏂᏍᏕᎢᏲ,
ᏥᏬᏰᏃ ᎾᏞ ᎤᏂᏏᏁᎢ

4 ᏑᎪᎰ ᏳᏚᏯ ᎠᏂ ᎡᏩᎯ
ᏂᎪᎯᎸᎢ ᎤᏍᏂᏓᏍᏗᏱ;
ᎡᏍᏕ ᏍᏋᏯᎾ ᎤᏁᎳᏅᎯ
ᎤᏤᏗᏱ ᎤᏬᏚᎯ ᏦᏒᎢ.

5 ᎾᏞ ᏂᎪᎯᎸᎢ ᎤᎾᏓ:ᏅᏯ
ᎠᎾᏞᏈᏞᏕ ᏓᏂᏃᎩᎠ,
ᎤᏂᏍᏕᏞᏍᎩ ᎠᏂᏯᏪᏗᏲ,
ᎾᏞ ᎾᎰᎡᏍᏗ ᏂᎪᎯᎸᎢ.

HYMN 87. C. M.

Christ's Second Coming.

1 ᎤᏁᎳᏅᎯ ᎤᏩᏂ
ᎢᏕᎫᏴᏈᎢ,
ᏞᏍᎪ ᏦᏒ ᎠᎤᏩᏎ
ᎢᏕᎫᏴᎰᏅ.

2 ᎠᏐᏃ ᎢᎤᏁᏤᎢ
ᎢᏳᏃ ᏚᏍᏅ,
ᏬᏞᏁ ᏍᏂᎹᏂᏞ,
ᎤᏍᏁ ᎤᏁᏟ.

3 ᎡᏔᏂᎬ ᏍᏞᏍᏆᏗ
ᏑᎻᏟᏲ ᎢᏳ;
ᏂᏕᏍ ᏓᏋᏗᎪᎢ
ᎠᏂ ᎡᏔᏂᎬ.

4 ᎤᎾᏓᏅᏘ ᎠᏁᎯ
ᏙᏍᏛᏅᏘᏢ,
ᏦᏚ ᏝᏉ ᏂᎪᎯᏄ
ᏙᎯ ᏩᏁᎵᏍᏗ.

ᎠᏏ ᎤᏓᏙᎵᏣᏍ
ᎾᏗᏚᏬᏍᎬᎾ ᏥᎩ.

6 ᎠᏏ ᎪᎯ ᎢᎦ ᏥᎩ
ᎤᏙᏢᏏᎾᎯᏍᏓ ᏳᏩᎦ
ᎤᏓᏙᏢᏍᏗ ᏧᏚᎢ.
ᏝᎩᏳ, ᏝᎩᏳ ᎤᏢᏘ!

HYMN 88. L. M.

Judgment.

1 ᏂᎦ ᎤᎾᏰᎯᏍᏗᏳ
ᏥᏌᏍᏗ ᎾᎯᏳ ᎢᎦ,
ᎡᏆᎯ ᏗᏧᎪᏓᏁᎯ
ᎦᎶᏍᏗ ᎦᎷᏨᎢ.

2 ᎠᏂᎾᏰᏍᎬᎢ ᎦᎶᏇᎢ
ᎠᎴ ᎡᏆᎯ ᎹᎾᏢᏏ;
ᏂᎯᏃ ᎠᏆᏓᏅᏙ
ᎦᏙ ᏝᏉ ᏔᎹᏁᏢ?

3 ᎤᎬᏫᏳᎯ ᏅᏩᏍᎦᎦ,
ᎤᏢ ᏝᏉ ᏫᏅᏩᎯ?
ᏂᎬᎾᎹ ᎠᎪᏩᏘᎢ;
Ꮭ ᏰᎦᎢᏗᏍᎦᏄᎦ.

4 ᏥᎪ ᏈᏢ ᏅᏂᎡᏍᏗ
ᎤᏔᏔᏬᎯᏍᏗ ᏥᎡ
ᎦᎾᏄᎪᏨᎢ? ᎠᎴ
ᎤᎦᏢᏍᏗ ᏳᏓᏅᏖᏍᏗ?

5 ᎢᎹᏓᏍᏓ ᏫᏁᎬᎢ
ᏣᏍᎦᏢᏍᎩ ᏥᏳᏒᏂᎢ,

HYMN 89. 8, 7, 4.

Christ coming to Judgment.

1 ᎦᏄᏔᏗ ᎡᎯ ᎤᏬᏥ,
ᎦᏄᏳ ᏦᏚ ᎡᎯ
ᎤᎬᏫᏳᎯ ᏓᏍᏆᎢ;
ᎠᏂ ᎡᏔᏗ ᏥᏚ
ᏓᎦᎷᏥ;
ᏓᏬᏁᏥ ᎦᎷᏨᎢ.

2 ᎠᏏ ᏓᏥᏁᏥᏙᏢ
ᏥᎷᏥᏄᎢ ᎤᎹᏁᎢ,
ᏝᏉ ᎠᏎ ᎹᏢᏍᏆᏗ
ᎠᏂ ᎡᏔᏗ ᏥᏚ,
ᎤᎹᏁᎢ
ᎤᏁᏔᏅᎯ ᎤᏬᏥ.

3 ᏙᏓᏄ ᏙᏓᏗᎪᎯ
ᎠᏢᏍᏆᎹᎢ ᏓᏲᏥᏍᏗ
ᎦᏙᏉᏃ ᏔᎹᏁᏢ
ᏝᏉ ᏩᏗᏍᎦᏩᏗ Ꮀ

ᏩᏲᎸᎭ,
ᎡᎳᏂᎬ ᎠᏲᏨᎭ?

1 ᎤᎬᎾᏐᎯ ᏩᎢᏎᏍᏗ,
ᎬᏳᏍᎦᎸᎯᏙᎯᏃ
ᏭᏂᏉ ᏗᎾᎢᏎᏍᏗ
ᎨᏥᏅᏏᏙᎸᎯ
ᎠᏂᏏᏪ,
ᎨᎾᏰᎯᏍᏗ ᎨᏎᏍᏗ.

5 ᏥᏌ ᏩᎢᏎᏍᏗ ᎿᏉ
ᏧᎵᏑᎸᏂ ᎦᏙᎯ,
ᏥᏓ ᏧᏂᏲᎱᏒᎯ
ᏧᏂᏰᏥ ᏂᎦᏛ;
ᎾᏍᎩᏰᏃ
ᏄᏪᏒ ᎤᏁᎳᏅᎯ.

6 ᏄᏍᏛ ᎠᏂ ᎢᏌᏓᎢ
ᎿᏉ ᎢᎦᏧᎦᏅ;
ᏐᎵᏍᏆᏛ ᎢᏌᏓᎢ,
ᎢᎩᎩᎵᏲᎢᏍᏗ
ᏧᏰᏢᎢ,
ᏱᏗᎳᏏᏓ ᏥᏌ.

ᎦᎸᎳᏗ ᏦᏒ.
ᎾᎿ ᏪᎭ
ᏂᎪᎯᎸ
ᎦᎸᏉᏗ
ᎦᏩᏁᏛ.

2 ᎾᎿᏂ Ꮭ ᏰᎭ
ᎤᏲ ᎠᏰᎸᏗ,
ᎠᎴᏫ ᎡᎯᏍᏗ,
ᎠᎴᏫ ᎥᏐᎩ.
ᎾᎿ ᏪᎭ—

3 Ꮭ ᎠᏲᎱᎯᏍᏗ,
ᎠᎴᏫ ᏏᎿᏳ,
ᎠᎴᏫ ᎠᏍᎦᏂ
ᎦᎸᎳᏗ ᏰᎭ.
ᎾᎿ ᏪᎭ—

4 ᎦᎸᎳᏗ ᎡᎭ
ᏅᏩᏙᎯᏯᏛ,
ᎠᎴᏫ ᎬᏂᏛ,
ᏥᏌ ᎤᎮᎵᎦ.
ᎾᎿ ᏪᎭ—

HYMN 90. H. M.

Heaven.

1 Ꭷ ᎠᏆᏏᏅᏙ,
ᎿᏉ ᎭᏏᏅᏛᎵ
ᎤᎵᎵᎵᏍᏗᏐ

5 ᎨᏥᏅᏏᏙᎯ
ᎨᎦᎫᏴᏛᏃ
ᎾᎿ ᏂᎪᎯᎸ
ᎠᎾᎵᎮᎵᎦ
ᎾᎿ ᏪᎭ—

6 ᏯᎨᏩ ᎾᏣᏂ
ᏫᏤᏝ ᏗᎨᏒ:Ꭲ,
ᏧᏯᏥ ᏣᏆᏎ
ᏕᏅᏍᏆᏂᎪᏗ.
ᎾᏣ ᏯᏬ—

7 ᎦᎸᎳᏗ ᏦᏒ
ᏯᎨᏩ ᏧᏬᎸ
ᏩᏍᎳᏏᏍᎬᎢ
ᎠᏆᏅᎳᏩᏗ
ᎾᏣ ᏯᏬ—

HYMN 91. S. M.

Heaven.

1 ᏅᏩᏙᎯᏍᏛ
ᎠᏎ ᏛᏍᏆᎸᎯ
ᎠᏳᏯᏐᎸᏍᏗ ᎨᏒ
ᎦᎸᎳᏗ ᏦᏒ.

2 ᎨᏥᏁᎸᏰᏃ
ᏫᏏ ᏫᎾᏓᏅᏯ
ᎾᏍᎩ ᏅᏩᏙᎯᏍᏛ
ᎦᎸᎳᏗ ᏦᏒ.

3 ᏫᏝᏢᏝᏍᏗᏳ
ᎨᎪᏢᎾᏁᎸ
ᏫᏏ ᎢᏳᎾ:ᏝᏍᏓᏁᎯ
ᎦᎸᎳᏗ ᏦᏒ.

4 ᎠᏍᏬ ᎠᏅᏬ
ᎨᎪᏢᎾᏁᎸ
ᎡᎯᏍᏗ ᏫᎾᏓᏅᏯ
ᎦᎸᎳᏗ ᏦᏒ.

5 ᏬᏴ ᎠᏓᏁᎸ
ᏧᏂᏍᏯᏟᎯ
ᎨᎦᏛᏅᎢᏍᏓᏁᎸ
ᎦᎸᎳᏗ ᏦᏒ

6 ᎡᎯᏍᏗ ᎨᏒᎢ
ᎠᏍᏬ ᎠᏍᎦᏂ
Ꮭ ᏰᏢᏍᏗ ᎢᎸᎯᏳ
ᎦᎸᎳᏗ ᏦᏒ

7 ᏍᎩᏍᏁᎳᏅᎯ,
ᏍᎩᏍᏕᏝᏍᎨᏍᏗᏱ
ᏬᎩᎾᏄᎪᎢᏍᏗᏲ
ᎦᎸᎳᏗ ᏦᏒ.

HYMN 92. S. M

Where is Re

1 ᏬᏢ ᏓᏥᏩᏛᎯ
ᎠᏆᏓᏅᏙᎩ
ᏫᏳᏯᏐᎸᏍᏙᏗᏲ
ᎠᏂ ᎡᏃᏂᎬ.

2 ᎾᏍᎩᏯ ᏓᏓᏅ.
ᎠᏫ ᎡᏔᏂᎬ
ᏜᎩᏰᏝᏙᏛ, ᎠᏏ
Ꮭ ᏴᏒᏥᏩᏲ.

3 ᏝᏍᏃ ᎡᎶᎯ
ᎬᎩᏁᏗ ᏱᎩ
ᎾᏍᎩ ᎤᏩᏙᎯᏯᏛ
ᏩᏆᏍᏝᏍᎪᎢ.

4 ᏕᏛᏔᏗᏍᎩᏂ
ᏦᏰ ᎡᏉᏉᏱ,
ᎾᏍᎩ ᏗᏍᏆᏂᎪᏗ
ᎤᏩᏙᎯᏯᏛ.

5 ᏱᎨᏩ ᏜᎩᏍᏕᏛ
ᎠᎩᏩᏛᏗᏱ
6 ᏝᏍᏆᏗᏍᎬᎾ ᎬᏂᏛ
ᏗᎪᏍᏆᏂᎪᏛ.Ꭲ.

HYMN 93. S. M.
History of Redemption

1 ᎣᏥᏛᏍᏆ ᏞᏯ,
ᎠᏖ ᏙᏝᏥᏯ
ᏂᏍᎥ ᏂᏒᏛᏁᏛ
ᏕᏛᏔᏗ ᎡᎯ.

2 ᏧᏄᏖ ᎤᏍᏥ
ᎤᏲᎴᎯᏍᏗᏱ;
ᏱᏍᏕᏯ ᏂᎪᎯᏛ
ᏱᏙᎯᏳᏍᏗ.

3 ᏕᏛᏔᏗ ᎡᎯ
ᎤᏍᏥ ᎤᎷᏤ.Ꭲ,
ᎤᎶᏘ ᎤᎩᏝᏰᏤ
ᏑᏍ.Ꮳ ᎢᏕ.ᏝᏍᏓᏁᏗᏱ

4 ᎤᏂᎶᏘ ᏴᏫ
ᎡᏩᏂᏴᏢᎢ,
ᎤᎡᏫᏳᎯ ᏧᏬᏛ
ᏑᏫᏗᏄᏍᏔᏁ.Ꭲ

5 ᎤᎶᏘ ᎪᎱᏍᏗ
ᎠᏫᏥᎪᎢᏍᏓ.Ꭲ,
ᎠᏬ ᎤᏂᎯᏍᏗᏱᏯ
ᎤᏫᏍᏝᏍᏓᎢ.

6 ᏚᏂᏒᏍᏆᏁ,
ᎦᎤᏫᏝᏥᏍᏉ,
ᎤᎶᏘ ᎤᏂᏛᏂᏫ,
ᎠᏂᏋᏝᏍᏓᏃ.

7 ᎦᎠᏂᏲᏧᏍᏓ
ᏗᎪᏍᏓ.Ꮚ ᎠᏍᎪᏝ:
ᏕᏝᏍᏓᏈᏓᏂ ᏓᏯ
Ꮍ...ᏢᏉᎢ.

8 ᎯᏄᎦ ᎨᏛᏍᏗ,
ᎢᏳᏃᏉᏍᎢ,
ᎦᏚᏏ ᎠᎦᏛᏗᏱ
Ꮎ ᏔᎵ ᎤᏂᎯᏍᏗᏱ.

9 ᎤᏁᏍᏁᎢᏃ,
ᏔᎵ ᎤᏫᏛᏁᎢ;
ᏴᎩ ᏍᏂᏉᏔᏁᎢ,
ᎤᏫᏛᏁ ᎨᏛ.

10 ᎠᎲ ᎠᏴᏔᎦᏴ,
ᏔᎵ ᎤᏛᏁᎢ,
ᏧᏂᏦᏯᏍᏗ ᎠᏋᎦ
ᎠᏇᎦ ᎤᏂᎩᏁᎢ

11 ᎠᎬᎵ ᎢᎦ ᎨᏎ
ᎤᎵᏏᎾᏎᎢ;
ᎤᏒᎯᎬᏱᏔᎵ ᎨᏎ
ᏔᎵ ᎤᏅᎩᏎᎢ

12 ᏔᎵ ᎤᏅᎩᏒ
ᎦᏙᎯ ᎤᎵᏖᏂᏁᎢ
Ꮕ ᏍᏘᏇᎣᏦᏁ;
ᎢᎦ ᏄᎵᏍᏔᏁᎢ.

13 ᏔᎵ ᎤᏂᏂᏌᏁᎢ
ᏅᏅᎯ ᎠᏔᎴᏒ,
ᏅᎢ ᎤᏂᏍᏕᏔᏁᎢ
ᎤᏂᏂᏌᏅᎢ.

14 ᏔᎵ ᎤᏄᏒᏄ
ᎢᏳᏍᏗᏛᎢ;
ᎤᎾᏓᏅᏍᏗ ᎤᏂᎪᎲ
ᏧᏟᏅᎯ ᎨᏎᎢ

15 ᏅᏓᏍᎪᎯ ᏄᏒᏍ
ᏔᎵᏁ ᎢᏒᎲᎢ;
ᏔᎵ ᏴᎾ ᎤᏂᎪᎲ
ᎤᏓᏅᏘᏓᏁᎢ.

16 ᏕᎤᏃᏁᏍᎢ,
ᎠᏎ ᏛᏂᎷᏂ,
ᎸᎵᏍᎦᎵᏁ ᎢᎦ ᎨᏎᏍ
ᏛᏍᏆᎢ ᎤᏛᏒᎢ

17 ᏔᎵ ᏳᏛᏦᏅᎯ,
ᎤᏃᎯᏳᏅᎯ,
ᎲᏥᏛᏍᏅᏍᏔᏂᏃ
ᎤᏩᏒ ᏕᎧᏁ.

18 ᏙᏓᎦᎶᏍᎬ
ᏄᏃᎯᏳᏅ,
ᏂᎪᎯᏁ ᏧᏂᏢᎢ
ᏔᎵ ᏩᏁᎸᏍᏗ.

HYMN 94. 6, 4

To the Trinity.

1 ᎡᏆᏁᏔᎵᏗᏳ
ᎦᏁᎳᏗ ᏢᎯ

ᏧᎩᏙᏓ,
ᏍᎩᏌᏁᏔᏅᎯ,
ᏕᏣᏃᎩᏍᏗᏅ,
ᎠᎴ ᎢᏣᏥᏩ.Ꭲ
ᏂᎪᎯᎸ.

2 ᏧᏩᏓᏙᎵᏍ.Ꮖ Ꮒ
ᏂᏈ ᏎᏩᏁᎴ,
ᏅᏴᏓᏍᏓ;
ᏍᎩᏰᏅᎯᏎᎸ.Ꭿ,
Ꮃ ᎵᏁ ᏥᏢᏅ,
ᎢᏣᏍ.ᎵᏍᏎᏍᏙᏗ
ᏂᎪᎯᎸ.

3 ᎠᎴ ᎠᏓᏅᏙ
ᎡᏩᏒᏍᏗᏫ,
ᏍᎩᎷᏥᏏ;
ᏦᏎᏓᏅᏙᎩ
ᏗᏍᎩᏅᏎᏒᏏ;
ᏗᏍᎩᏌᏗᏄᏎ
ᏂᎪᎯᎸ.

4 ᏇᏒ ᎢᎩᏙᏓ
ᏧᏍᏆᏃ ᎤᏬᏥ,
ᎠᏓ.ᏅᏙᏃ,
ᏦᎢ ᎢᏌᏂᎴ,
ᎠᏐᏃ ᏈᏒᏒ,
ᎦᏗᎦᏫᏐᏍᏗ
ᏂᎪᎯᎸ.

HYMN 95. 8, 7.

Marriage Hymn.

1 ᏍᎩᏙᏓ ᏣᏁᏔᏅᎯ,
ᏍᎩᏋᏔᏗᏙᎵᏍᏗ
ᎠᏂ ᏥᏙᏥᏔᏫ:
ᏕᎦᏎᏣᏍ.ᏗᏍᎬᎢ.

2 ᎯᎠ ᏥᏚᎾᏁᏏᏃ
ᏧᏍᏆ ᏕᏅᏓ.ᏅᏛᏍᏗ;
ᏗᏍᏕᏃ ᎤᏙᎯᏩᏒ
ᏧᎾᏓᏁᎤᏗᏜ.

3 ᏓᏅᏅᏃ ᎢᎪᎯᏛ
ᏚᎾᏓᎦᏫᏐᏍᏗ,
ᎠᎴ ᏅᏩᏙᎯᏌᏛ
ᎤᎾᏜᏫᏍᏗᏍᎦᏍᏗ.

4 ᏓᏅᏅᏃ Ꮣ.ᎵᏍᏆᏛᏅ
ᎢᏧᏔ ᏗᏁᏅᏒ
ᏧᏍ:Ꮫ ᎠᏓ:ᏅᏓᏗᏍᏗ ᎦᏛ
ᏕᏅᏓᏂᏒᏣᏅ.

5 ᎠᎴ ᎾᏍᏒ ᏃᏥᎥᏒ
ᎢᏍᎩᏌᏙᎵᎦᏍᏗ,
ᎠᎴ ᏂᎪᎯᎸ ᏧᏍᏓ
ᏂᏍᎩᏌᎴᏁᏢᏍᏗ.

HYMN 96. L. M.

First Psalm.

1 ᏧᏰᏩ ᎢᏩ.ᎵᏍᏓᏁᏗ
ᎦᏐᏍᏗ ᎾᏍᎩ ᎠᏍᏎᏍ

ᏁᏙᏜᎾ ᎢᎨᏐᏍᏗ
ᎠᏍᎦᎾ ᏅᏜᏓᏍᏗᏱ.

2 ᏗᎧᏥᏩᏛᏍᏗᏍᎩᏂ
ᏐᏈᏩ ᎠᏰᏎᏍᎨᏍᏗ
ᎠᏫ ᏗᎬᏩᎩᏟᏗ
ᎾᏍᎩ ᎠᏓᏅᏖᏍᎨᏍᏗ.

3 ᎾᏍᎩ ᏓᏤᏫᏍᏗ ᏣᎬ
ᏂᎪᎯᏎ ᏳᏓᏛᏍᎪ.Ꭲ;
ᎠᏫᏬ ᎧᏁᏉᎨᏍᏗ
ᎾᏍᎩ ᏕᏎᏫᏍᏓᏁᏜ.Ꭲ.

4 ᎠᏂᏍᎦᎾᎢ ᎾᏂᎪ
ᏅᏬᏲᏋᏳᏔᏅᎯ
ᏅᏳᏫᏍᏗ ᏓᎾᏤᏎ,
ᏅᏃᏫ ᏳᏴᏍᏗᏍᎪᎢ.

5 ᎠᏂᏍᎦᎾ ᎥᏝ ᎩᏒ
ᎤᏴᎬᏂᎾᏋᎪᎢ,
ᏩᏆᏜᏃ ᏅᎾᏓ.ᏅᏘ
Ꮭ ᎤᏴᎬᎾᏕᏜᎦ.

HYMN 97. 6, 4.

"Child of Sin and Sorrow."

1 Ꭷ ᏣᏍᎦᏅᏨᎯ,
ᎯᎾᏰᏍᎩ,
ᎪᎯ ᎢᎦ ᎩᎩ
ᏧᏛᏓᏍᏓ

ᎦᏳᏁᏛ
ᏣᏓᏂᏐ;
ᏓᏍᏗ ᏳᏙᎯᏛ;
ᏥᏉ ᎭᎾ.

2 ᎩᏁᎤ ᏣᏍᏕᏢᏍᎩ
ᏅᏗᎱᏒ;
ᎩᏁᎪ ᎠᏎᏉᏉ
ᏛᏗᎱᏏ?
ᏓᏉᏗᎪ;
ᏣᏂᏐ;
ᎯᏗᎢᏈᏜᎦ;
ᎤᎼᎨᏏ!

3 Ꭷ ᏣᏍᎦᏅᏨᎯ!
ᏅᏗᏍᏛᏉ!
ᏓᏍᏗ ᏣᏗᎱᏒ.Ꭹ!
ᏧᏢᏗᏉ!
ᏔᏫᏜᎦ!
ᏓᎩ ᎭᎾ!
ᎩᏁᎤ ᏣᏂᏐ
ᏓᎩ ᎭᎾ.

4 Ꭷ ᏣᏍᎦᏅᏨᎯ,
ᎡᎭᎾᏉ
ᏓᏉ ᎩᎾᏢᎢ
ᎯᎼᎨᏏ
ᎦᏳᏁᏛ
ᏣᏍᏕᏢᏍᎩ
ᏃᎯ ᎪᎯᏈᏗ
ᎦᏳᏁᏛ.

HYMN 98. 11, 10.

"Come, ye disconsolate."

1 ᎤᏲ ᎢᏣᏓ:ᏅᏘ, ᎿᏉ ᎡᏆᎾ;
ᎢᏣᎫᏴᏑᎯ ᎸᏥᎷᏥ;
ᎾᏍᎩ ᎤᏩᏒᎯ Ᏻ ᎨᏥᏅᏪᏗ
ᏂᎦᏛ ᎤᏲ ᏆᏣᏓᏅᏛ:Ꭲ.

2 ᎡᏆᎾ ᏞᎩᏳ, ᎢᏥᏍᎦᏅᏨ:Ꭿ,
ᏥᏌ ᎦᏣᏁᏛ ᎡᏥᎷᏥ;
ᎩᎰ. ᎦᎸᏉᏗ ᎤᎢᏪᏆᎸ:Ꭿ
ᎨᏦᏲᎴᏗ ᎢᏥᏍᎦᏅᏨ:Ꭲ.

HYMN 99. 9, 8, 6, 4.

The Love of Jesus.

1 ᏓᏥᎸᏉᏔᏂ ᎤᏣᏘ
ᏥᏌ ᎠᏆᏁᏔᏅᎯ,
ᎻᎴᏃ ᏙᏓᏥᏃᏁᎵ
ᎠᎩᎨᏳᎯ ᎨᏒᎢ.
ᏥᏍᏆᏂᎪᏍᎪ:Ꭲ ᎦᏓᏅᏛᎵ
ᎬᏂᎨᏒ ᏄᏩᏁᎸᎢ
ᎤᏓ:ᏅᏘ ᎨᏒᎢ;
ᏥᎨᏳᏎᏍᏗᏃ
ᏂᎪᎯᎸ.

2 ᎾᏍᎩ ᏕᎤᏲᏎ ᎤᏆᎵ
ᎦᎸᏉᏗ ᎤᏪᏍᎩᎸ:Ꭲ,
ᏴᏫ ᏚᏓᏟᏣᏍᏔᏁᎢ
ᎠᎩᎩᎵᏲᏆᏗᏱ:
ᏦᎯᏍᏗ ᎤᏓᏅᏓᏕᎢ
ᎠᏎ ᎠᎩᏰᎱᎯᏍᏗᏱ
ᎤᏓᎸᏴᏔᏁ:Ꭲ;
ᏥᎨᏳᏎᏍᏗᏃ
ᏂᎪᎯᎸ.

HYMN 100. L. M

Redemption.

1 ᎢᎩᏍᏕᎵᏍᎩ ᎤᎩᎬ
ᎠᎴ ᎤᎩᎵᏲᏨᎢ
ᎢᎩᏁ:Ꭿ ᎤᎵᏢᎵᏍᏗ,
ᎬᏂᏛ, ᎠᎴ ᏦᏒᎢ.

2 ᎾᏍᎩ ᏧᏙᎯᏳᏑᏍᎦ,
ᎠᎴ ᏧᏓᎵᏍᎦᏍᏙᏗ:Ꮽ,
ᎤᏩᏒ ᎢᎩᏍᏕᎵᏍᎩ
ᎿᏉ ᎯᏧᏓᏟᏏᎦ

HYMN 101. L. M.

Gospel Blessings.

1 ᎾᏂᎥ ᎤᏂᏲᏏᏍᎩ
ᎦᎶᏁᏛ ᎤᎾᏙᏢ
ᎢᏳᏞᏍᏙᏗᏜ ᎬᏂᏳ
ᎠᏎ ᏓᎨᏥᏬᏞᏞ.

2 ᎾᏂᎥᏃ ᎬᏩᏲᎯ
ᎦᎶᏁᏛ ᏓᏰᏂᏬ;
ᏧᏂᏰᏑᎩ ᏓᏁᏬ
ᎠᏰᏑᏐᏄᏍᏗ ᎨᏒ.

3 ᏗᏂᏩᎾᎦᎳᎢᏃ
ᏦᎠᏢᏂᎪᎯᏍᏗᏬ,
ᎠᎴ ᎤᏓᏙᎵᏣᏛ
ᎾᏍᏉ ᎤᎾᏠᏰᏍᏗᏍᏬ.

4 ᏥᏌ ᎢᎦᏧᏴᏫᎯ
ᏂᎦᎥ ᎢᎩᏰᏂᏬ,
ᏂᎦᎥ ᎢᏓᏛᏓᏍᏓ;
ᏂᎦᎥ ᏑᎦᎺᏥᏏ.

HYMN 102. 7, 8.

Birth of a Saviour.

1 ᎢᎦᏛ:Ꭲ ᏥᏂᏣᏛᏅ,
ᎤᏁᎳᏅᎯ ᎤᏪᏥ
ᎤᏣᏘ ᎦᏄᎸᏗᏳ
ᏞᏴ ᎢᎦᏕᏁᏄ.

2 ᎢᎦᏛ:Ꭲ ᏥᏂᏣᏛᏅ
ᎢᎦ ᎢᎦᏘᏍᏓᏁᎯ
ᎤᏣᏘ ᎤᏬᏢᏨᎯ
ᎢᎩᎨᏳᎯ ᎨᏒ:Ꭲ.

3 ᎢᎦᏛ:Ꭲ ᏥᏂᏣᏛᏅ,
ᎡᏥᏄᏬᏗᏍᎨᏍᏗ
ᎾᏍᎩ ᎢᎦ ᎦᏘᏍᏗᏍᎩ
Ꭴ:ᏢᏰᎩᏳ ᎨᏒᎢ.

4 ᎢᎦᏛ:Ꭲ ᏥᏂᏣᏛᏅ,
ᎠᏍᏓᏯ ᏗᏥᏃᎩ
ᎾᏍᎩ ᎢᏧᏓᎴᏰᏄ:Ꭲ
ᎠᏰᎵᎯᏍᏗ ᎨᏒ.

HYMN 103. 6,7,8,

The name of Jesus.

1 ᏚᏙᎥ—ᏚᏙᎥ—
ᎦᎶᏁᏛ ᏚᏙᎥ
ᎤᏣᏘ ᎦᏄᎸ.ᏗᏳ;
ᎾᏍᎩ ᎤᏂᏍᎦᏅᏨ:Ꭿ
ᏦᏍᏛ ᎤᎾᏓ:ᏅᏓᏗᏍᏗᏍᎬ,
ᏥᏌ ᏓᏳᏗᏄᏬᏔᏂ
ᏖᏆᏎ—ᏖᏆᏎ.

2 ᎬᏂᏛ—ᎬᏂᏛ—
ᎬᏂᏛ ᏫᎾᏍᏛᏫ
ᏥᏌ ᎢᏳᏩᏛᎯ;

ᎦᎶᏁᏛ ᎢᎩᏁᎭ
ᏅᏩᏙᎯᏯᏛ ᎨᏒ.
ᎾᏍᎩ ᏓᏱᏗᎸᏉᏔᏂ
ᎿᏆᏎ—ᎿᏆᏎ.

HYMN 104. 8, 6.

Praise to the Trinity.

1 ᎤᏁᎳᏅᎯ ᎦᎸᏉᏗᏳ
ᏕᏗᏃᎩᏍᏗᏍᎬᎢ
ᎤᏣᏔᏅᎯ ᏂᏗᎥ
ᎢᏓᎵᎮᎵᎩ:
ᏱᎰᏩ ᎡᏗᎸᏉᏓ,
ᎤᎬᏫᏳᎯ ᎢᎩᏙᏓ,
ᎠᎴ ᏥᏌ ᎦᎶᏁᏛ,
ᎠᎴ ᎠᏓᏅᏙ.

2 ᎦᎸᎳᏗ ᏫᏗᎷᏨᎭ
ᎿᏉ ᏂᎪᎯᎸ
ᎾᎿ ᎠᏁᎯ ᎢᏧᎳᎭ
ᏕᏗᏃᎩᏍᎨᏍᏗ.
ᎢᎩᏲᎱᎯᏎᎸᎯ
ᎩᎬ ᎢᏱᎫᏴᏔᏅᎯ
ᎾᎵᏍᏆᏗᏍᎬᎾ ᏂᏗᎥ
ᎡᏗᎸᏉᏕᏍᏗ.

HYMN 105. L. M.

"'Twas on that dark"

1 ᎾᏍᎩ ᎢᏳᎢ ᏒᏃᏱ
ᏥᏌ ᏣᏥᎶᏇᎡᎴᎢ
ᎿᏉ ᎦᏚ ᎤᎩᏎᎢ,
ᎠᎴ ᎤᎵᎮᎵᏤᎢ.

2 ᎿᏉ ᎤᏕᎭᎷᏱᎢ,
ᎠᎴ ᎯᎠ ᏄᏪᏎᎢ;
ᎯᎠ ᎠᏴ ᏥᏰᎸᎢ,
ᎢᏣᎵᎬᎭᎷᏰᎸᎯ.

3 ᎾᏍᎩ ᎢᏥᎩ, ᎢᏥᎦ,
ᎤᎵᏍᏈᏗᏃ ᎤᎩᏒ
ᎠᎴ ᎤᎵᎮᎵᏦᏅ
ᎿᏉ ᎯᎠ ᏄᏪᏎᎢ.

4 ᎯᎠ ᎠᏴ ᎠᎩᎩᎬ.
ᏴᏫ ᎨᎦᏤᏜᎸᎯ,
ᎾᏍᎩ ᎦᎨᏥᏁᏗᏱ
ᎤᏩᏒ ᏅᏂᏍᎦᏅᏨᎢ.

5 ᎢᏣᏗᏔ ᏂᏥᎥᎢ;
ᎠᎴ ᎾᏍᏉ ᏂᎪᎯᎸ
ᎾᏍᎩ ᏂᏣᏛᏁᎮᏍᏗ
ᎠᏴ ᏍᎩᏯᏅᏓᏗᏍᎬᎢ.

6 ᎾᏍᎩ ᎿᏉ ᏃᏣᏛᏁᎭ,
ᎦᎶᏁᏛ ᎢᏨᎨᏳᎢ,
ᏙᏳᏅᏓᏗ ᏣᏲᎱᏒᎢ,
ᎠᎴ ᏕᏨᏃᎩᏍᏗᎭ.

HYMN 106. 7s.

To be sung at meals.

1 ᎯᏚᎳᎮᏍᏗ ᎠᏂ
ᏚᏍᎩᎸ, ᏣᎬᎾᏳᎯ,
ᎠᎴ ᏂᎬᎾᏛᏉ
ᏒᏩᎸᏉᏗᏍᎬᎢ.

2 ᏥᎯᏉ ᏗᏓᎴᏂ
ᏦᏊᎵᏍᏓᏴᏗᏱ;
ᎠᎴ ᏅᏩᏧ ᎠᏴ
ᎢᏨᏯᎵᎡᎵᏤᏱ.

3 ᏬᏩᏓᏙᎵᏍᏗᏱ
ᏍᎩᏯᏛᎨᏚ, ᎠᎴ
ᎠᎵᏍᏓᏴᏗ ᏍᎩᎥᏏ
ᏙᏚᏙᏓᏇᎬᎢ.

4 ᏔᎵᏂᎪᎯᏍᏓᏃ
ᎾᏍᏉ ᏦᏚᏓᏅᏙ,
ᏂᏚᎥ ᏩᎦᎵᏍᎬ
ᎢᎲᏚᏛᏁᏗᎲ.

2 ᏞᏍᏗ ᎢᎸᎯᏳ
ᏣᎵᏙᎯᏍᏔᏅᎩ;
ᎣᎵᎮᏍᏗ ᏂᎪᎯᎸ
ᏥᎲᎯᏍᏗᏍᎬᎾ.

3 Ꮳ. ᎵᏍᏚᏍᏙ.Ꮧ ᏞᏍᏗ
ᏙᎢ ᏗᏩᏛᎩ;
ᏚᏓᏎᎪᎩ ᏚᏳᎳ,
ᏞᏍᏗ ᏩᏛᏅᎩ.

4 ᎠᏏᏉ ᏱᎵᎮᏍᏗ,
ᎰᏩᏍᏚᎩᏰᏃ
ᏕᎰᏩᏚᏧᎴᎰᏍᏗ
ᎠᏎ ᏂᎪᎯᎸ.

5 ᎬᏂ ᏚᎸᎳᏗ
ᎾᎷᏨᏱ ᎩᎳ
ᏙᎯ ᎰᏩᏓ.ᏅᏓᏗᏍᏗ
ᏏᏉ ᏂᎪᎯᎸ.Ꭲ.

HYMN 107. S. M.

"My soul, be on thy guard."

1 Ꮻ, ᎯᏯᎾᏍᎰᏍᏗ,
ᎠᏆᏓᏅᏙᎩ;
ᎰᏩᏍᏚᎩ ᏅᏂᏩᏧ
ᏕᎰᏩᎦᎾᏍᏗ.

HYMN 108. 6, 4, 7

"There is a happy land.

1 ᏙᎯ ᏗᎰᏒᎢ
ᏗᏓᏁᎸ,
ᏗᎾᎵᎮᎵᎬ.Ꭲ
ᎤᎾᏓ.ᏅᏧ.
ᏥᏚ ᏅᏯᎦᎯ.Ᏻ
ᎾᏂᏪᏱ ᎾᏏᏂ,

ᏓᏂᏃᎩᎭ [illegible]
ᎦᏅᏁᎴ.

2 ᏙᎯ ᏗᏥᏒᎢ
ᎾᏗᎷᎩ;
ᏅᏩᏙᎯᏍᏛ
ᎢᎩᏍᎦ.
ᎾᏍᎩ ᎦᏄᏩᏗ
ᎤᏓᏝᏜᏝᏥᏍᏗ
ᏂᏗᏍᎦᏅᎨᎾ
ᏂᎬᎯᏄ.

3 ᏙᎯ ᏗᏥᏒᎢ
ᎾᏗᎷᎩ;
ᏚᏃᏓᏥᏡᏬ
ᎾᏍᎩ ᎠᏁᎯ;
ᎾᏍᎩ ᏃᏗᎷᎩ,
ᏝᏍᏗ ᎢᏳᏙᎯᏛ.Ꭹ.
ᎾᏍᎩ ᏃᏚᏜᏍᏗ
ᏂᎬᎯᏄ.

HYMN 109. C. M.

"There is a fountain."

1 ᏕᏄᎬᎦ ᎠᏂᏍᎦᏃ
ᎤᏃᏓᏪᏍᏗᏘ,
ᎾᏍᎩ ᎤᏃᏙᏰᏧ Ꮧ.Ꮐ
ᎤᏂᏍᎦᏅᏨᎢ.

2 ᏥᏌᏃ ᎦᏬᏁᏛ
Ꭹ.Ꭼ ᎤᎩᏪᏉᏧ.Ꭲ,
ᎾᏍᎩ ᎤᎩᎬ ᏃᏂᏆ
ᎤᏂᏄᎦᏝᏍᎩ.

3 ᏅᏳᎱᏍᏥ ᎤᏍᎦᏅᏨ.Ꭿ
ᎠᏓᏅᏬᏒᏍᎩ
ᎤᏝᏜᏝᎩ ᎤᏬᏒ
ᎾᏍᎩ ᎦᏄᏬᎬ

4 ᎾᏍᏉ ᎠᏴ ᏥᏍᎦᏃᎢ
ᎾᏍᎩ ᎦᏄᏬᎬ
ᏂᎷᎩ ᎦᏝᏒᏝᎬ
ᏕᏙᏰᏧᎢᎦ.

5 ᎢᎬᏕᏕ ᎠᎩᏬᏒ
ᎾᏍᎩ ᎦᏄᏬᎬ
ᏅᏑᎬᏩᏓᏧᏅᏛ
ᏕᏥᏃᎩᏍᎪᎢ.

6 ᎤᎩᎬ ᏧᎩᏪᏉᏧ.Ꭲ
ᏥᏰ ᎦᏬᏁᏛ
ᏥᏲᎤᎲᏬ ᎬᏗᏍᎩ
ᏕᏥᏃᎩᏍᏗᏬ.

7 ᎠᏧ ᎧᎲ ᏃᏥᎹᏣ.Ꮼ
ᏕᏥᏃᎩᏍᏔᎬᎢ
ᎤᏣ ᎤᏝᏜᏝᏍᏗᏳ
ᎠᏆᏓᏅᏖᏍᏗ.

HYMN 110. L. M.

The Bible.

1 ᏕᏄᎶᎢ ᎬᏂᎨᏒ
ᏥᎬᏁ ᎤᏁᎳᏅᎯ
ᎤᎵᏂᎩᏗᏳ ᎨᏒ.Ꭲ,
ᎠᎴ ᎦᏄᏍᏗ.Ᏻ ᎨᏒ.Ꭲ.

2 ᎠᏎᏃ ᏧᏍᏛ ᎪᏪᎵ
ᎤᏤᎵᎦ ᎤᏟᎯᏳ
ᎬᏂᎨᏒ ᏂᎬᏁᎭ
ᏄᏍᏛ ᏱᎰᏩ ᎡᎲᎢ.

3 ᎠᎴ ᎾᏍᎩ ᎧᏃᎮᏛ
ᎢᎦᏎᎮᎭ ᏅᏃᎯ
ᏕᏄᏔᏗ ᎾᎦᏅᏅ
ᏌᏩᏙᎯᏍᏛ ᏦᏒ.Ꭲ.

4 ᎠᎴ ᎧᏃᎮᎭ ᏥᏌ
ᎢᎩᏂᎱᎯᏎᏄᎢ,
ᎠᎴ ᎡᎩᏙᎵᏍᏗᏱ
ᏂᎦᏛ ᎢᎩᏍᎦᏅᏨ.Ꭲ.

5 ᎠᎩᎨᏳ ᎧᏃᎮᏛ
ᏣᏤᎵ, ᎠᏆᏁᎳᏅ.Ꭿ,
ᎠᎴ ᎰᏍᎵᏒᎵᏤ.Ꭽ
ᎾᏍᎩ ᏥᏍᏆᏛᎪᎳᏅ.

6 ᏘᏙᎵᎩ ᏩᏁᏨᎢ
ᎠᏏ ᎾᏂᎦᏔᎲᎾ.
ᎠᎴ ᎪᏪᎵ ᏣᏤᎵ
ᏞᎩᏳ ᏩᏂᎪᏩᏛ.

HYMN 111. C. M.

1 ᏦᏏ.Ꮒ ᏅᏪᏴ ᏥᏙᏋ,
Ꮎ.ᏗᎦᎦᏂᎭ,
ᎨᎾᏂ ᎠᏆᏙᎵᎦ
ᏗᏍᏆᏂᎪᏛᎢ.
ᏝᏰᏃ ᎡᏣᎯ
ᎠᏇᏅᏒ ᏱᎩ,
ᏩᏆᏕᏗ.Ᏹ ᏂᎪᎯᏄ
ᏗᎪᎵ ᎦᏄᎶ.Ꭿ.

2 ᎤᏣᏘ ᏧᏍᏛ ᏗᎨᏒ
ᎾᏥᎪᏩᏘᎭ,
ᎤᏬᏚᎯ ᏗᎾᏒᏅ,
ᎠᎴ ᏙᏗᏪᏴ.

3 ᏥᎬᎾᏛ ᏗᎦᎵᏍᎬ
ᎢᎦ ᎤᎾᏍᏛᎾ:
ᏕᏣᏁᏛ ᎾᎿ ᏤᎲ,
Ꭴ.ᎵᏏᎩ ᏁᎲᎾ.

4 ᎾᎿ ᎤᏴᎵ ᎤᏃᎴ
ᎾᏁᎲᎾ ᎨᏒ.Ꭲ
ᎥᏳᎩ ᎠᏂᎱᏍᎩᏃ
ᏄᎾᏰᎯᏍᏛᎾ.

5 ᎯᏔᎩᏳ ᏫᎨᎡᏍᏗ
ᏦᏒ ᏗᎨᏒᎢ,
ᎾᏞ ᎡᏙᏓ ᎮᏜᎢ,
ᏣᏆ. ᏥᏙᎯᏍᏕᏍᏗ.

6 ᎡᏳᎯ ᏰᎬᏆᏍᏓ.
ᏂᎤᏧᏠᏍᏉ,
ᏦᏓ. Ꮒ ᏰᏎᏥᏩᏍᏋ
ᏂᏂᎾᏌᏍᎬᎾ.

HYMN 112. 11, 12.

The Chariot, the Chariot, its wheels roll in fire.

1 ᏓᏆᏫᎷ ᎠᏓᏞᏩ ᎮᏙᎯ
ᎠᏂᏍᏑ ᏓᏓᏓᏆᏫᎷᏗᏎ,
ᏑᎨᏩ ᏧᏦᏗ ᎤᏩᏒᏉ ᎡᎩ,
ᎤᏯᎩᏔ ᎤᎤᎤ ᎠᎢ ᏑᎨᏩ.

2 ᏎᏍᏉᏗᏳ ᎬᏓᏬᏔᎩᏍᎩ
ᏕᏥᏍᏛᏍᏗ. ᎤᎾᏧᏡᏍᏙᏒᎯ
ᎠᏂᏓᏬ ᏕᎬᏩᏫᏞᏩᏗᏙ.Ꮙ,
ᏂᏌᏃ ᎤᏂᏍᎩᎻ.Ꭿ ᏗᎨᏂᏍᎯ.

3 .Ꭰ ᎮᎷᎩ ᎤᎾᎻᏎᎤ ᏂᏎᏗ,
ᏓᎮᏥᏍᏕᎻ ᏓᏥᏱᏍᎾ ᏉᏫᏂ,
ᎡᏳᎯ ᏫᏓᏍᏕᎻ ᎠᏰ ᎠᏠᏉᎯ
ᏗᏁᏎ ᏂᏎᏗ ᏧᎾᏰᎤ.Ꭿ ᏰᎾ.

4 ᏗᏣᎪᏙᏗᏑ ᏓᎾᏍᏫᏍᏓ.
ᏗᏎᏍᏉᏗ ᏗᏎᏍᏕᎩᏔᏙᎤᎯ
ᎠᏫ ᎠᎩᎾ ᎤᎾᏓᏂᏥᎨᏃ
ᏧᏁᎬᏉ ᏧᎾᏍᏫ ᏓᎾᏜᎯ.

5 ᏑᎨᏩ, ᏍᎾᏧᏡᏍᎻ ᏂᏎᏗ,
ᏌᏉ ᎢᏧᏪᏞᎤ Ꭿ, ᏓᎪᏩᏗᏉ.

ᎣᏁᎩ ᎠᏥᎸᏗ ᏫᏓᎾᏘᏱ.Ꮉ
ᎣᏁᎩ ᏦᏒᎢ ᏫᏓᏂᏃᎩᎠ.

6 ᏣᏓᏙᎵᏣᏘ! ᎠᏴ ᏗᎮᏥ
ᎡᏗᏍᎩᏯᎦᏅᎦ, ᏍᎩᎨᏩᎥᎦ.
ᎨᏳᏍᎦᎩ ᏧᎵᏏᎬ ᏩᏂᏣᏒᏍᏗ,
ᏍᎩᏯᎫᏴᏛ ᏦᏒ ᏗᏍᎩᏯᏅᏓ.Ꮝ

HYMN 113. L. M.

"Just as I am."

1 ᎾᏆᏍᏛᏉ ᎦᏥᏍᎦᏂ,
ᏣᎩᎬ ᎠᏆ.ᎵᏍᎦᏍᏙᏛ,
ᎠᎴ ᏍᎩᏯᏂᏍᎬ ᏥᎵᏌ,
ᏫᎬᎷᏥ ᏫᎬᎷᏥ.

2 ᎾᏆᏍᏛᏉ ᏍᎩᏍᏕᎵᏍᎩ,
ᏂᏥᎦᏘᏗᏍᎬᎾᏃ,
ᏥᏍᎦᏅ ᎠᎩᏯᏍᏗᏱ,
ᏫᎬᎷᏥ ᏫᎬᎷᏥ.

3 ᎾᏆᏍᏛᏉ ᎠᎩᏒᎢ,
ᎬᏂᏛ ᎠᏆᏕᎵᏍᎬ,
ᎠᎴ ᏂᎦᎥᏉ, ᏥᎵᏌ,
ᏫᎬᎷᏥ ᏫᎬᎷᏥ.

4 ᎾᏆᏍᏛᏉ ᎠᏎ ᏂᎯ,
ᏓᏍᎩᏙᎵᏥᏉ ᎠᏴ,
ᎠᎴ ᏍᎩᏍᏕᎸᏗ.Ᏹ ᏥᎵᏌ.
ᏫᎬᎷᏥ ᏫᎬᎷᏥ,

5 ᎾᏆᏍᏛᏒ, ᏫᎾᏍᏛᎾ
ᏍᎩᎨᏩᏯ, ᏍᎩᏍᏕᏥᏛ,
ᎬᏔᏈᏟ ᎢᏩ. ᏟᏍᏉᏗ. Ᏼ,
ᎾᎬᎷᎰ ᏫᎬᎷᎰ.

HYMN 114. 7s.

"Rock of Ages.

1 ᎰᏪᎸ ᏣᏟᏂᎩᏛ,
ᏗᏍᏆᏓᏂᏥᎩᏒ,
ᎠᏎ ᎦᏥᏒᏗᏩ
Ꮳ ᏨᎤᏯ ᏣᎩᎬ,
ᏍᎩᎤᎦᏥᏓ ᏆᏒ,
ᎠᏎ ᎠᏐ ᏍᎩᏍᏕᏥ.

2 ᎢᏩᏃ ᏂᎪᎯᏥ
ᎠᏢ ᏗᎰᎦᏙᏟ
ᏍᏕᎦ, ᎠᏎ ᎾᏍᏒ,
ᏧᏍᏛ ᏱᏂᎦᏛᏁ. Ᏹ,
ᏂᎦᏛ ᎠᏐᏒᏒ,
ᏏᏒ ᎰᏍᎦᎾ ᏱᎩ.

3 ᏂᎯᏍᎩᏂ ᏨᏒᎯ,
ᎰᏪᎸ ᎨᏍᎩᏍᏕᏥᏗ;
ᏂᎯ ᏣᏛᎱᏒᎢ,
ᎦᏟᏍᎦᏍᏉᏗᏍᎬᎢ,
ᎰᎷᎩ, ᏕᎰᏂᏴ,
ᎨᏛ ᎡᏣᏛᏅᎢ.

4 ᎨᎥᎢ ᏂᎪᎯᏥ. Ꭲ,
ᎠᏎ ᎰᏒᏅᏒᏉ,
ᏆᎢᏱ ᏫᎰᎷᏨ. Ᏹ,
ᎦᏥᏣ ᏗᏦᏥᎢ,
ᎰᏪᎸ ᏣᏟᏂᎩᏛ,
ᏕᏍᏆᏓᏂᏥᏨᏉ.

HYMN 115. L. M

The Eternal Sabbath.

1 ᏱᎾᎨᏩ ᏣᏈᏟ ᎢᎦ,
ᎠᏣᏯᏘᏥᏍᏉᏗᏱ,
ᎤᏟᏍᎨᏛ ᎠᏎ ᏧᏍᏛ
ᎠᎩᏰᏥᏎᏍᏗ ᎠᏴ

2 ᎠᏎᏃ ᏗᏍᏆᏂᎪᏗ,
ᎤᏓ ᎢᏳᏍᏛ ᎦᏥᏣ,
ᎠᏣᏯᏘᏥᏍᏉᏗᏱ,
ᎡᏉᏓ ᎤᏈᏟᎪᎯ.

3 ᎾᏂᏂ ᏧᏍᏯᎢᏍᏗ,
ᎠᏎ ᎠᏍᎦᏂ ᏁᏍᏛᎾ,
ᎠᏎᏬ ᎠᏲᎱᎯᏍᏗ,
ᎤᏫᏓᏅᏨ ᏩᏁᏍᏓ. Ꭲ.

4 ᏄᎾᏦᎯᏍᏛᎾ ᎾᏂ,
ᎥᏩᎩ ᎠᏎ ᎤᏪᏅᏍ.

ᎾᎾᏕᏛᏙᏗᏍᎨᎾ,
ᎰᏎᏍᏗ ᏂᏁᎯᏄᎢ.

5 ᏒᏃᏭ ᏅᏗᎰᏒᎾ,
ᏅᏙ ᎾᎹᏏᎮᏍᎬᎾ,
ᎢᎦᏍᎩᏂ ᏚᏄᏌᏏ,
ᏂᎪᎯᏄᎢ ᎾᏳᏂ.

6 ᎤᏚᏄᏗ ᎾᏍᎩ ᎢᎦ,
ᏓᎩᏳᏉ ᏥᎪᎶᏯ,
ᎠᎴ ᏓᎩ ᏫᏥᎷᎩ,
ᎠᎩᎹᏛ ᏅᏪᎮᎾ.

HYMN 116. L. M.

Being of God.

1 ᏂᎬᎾᏯ ᎧᏃᎮᏍᎦ,
ᎤᏁᎳᏅᎯ ᎡᎮᎢ;
ᏕᏄᎶᎢ ᎡᎶᎯᏃ,
ᎠᎴ ᎠᎺᏉᎯ ᎾᏍᏉ.

2 ᏅᏙ ᎾᏍᏉ ᏌᎧᏄᎩ,
ᎤᏬᏚᎯ ᎢᎦ ᎡᎯ,
ᏕᏄᏉᏗ.Ᏻ ᏂᎬᏁᎲ,
ᏚᏙᎥ ᎤᏬᏢᏅᎯ.

3 ᎾᏍᏉ ᎠᏥᏄᏅᎥᏍᎩ,
ᏧᏬᏚᎯ ᎤᏧᏘᏍᏗ,
ᎠᎴ ᏥᏍᎪᏛ ᏧᎾᏍᏗ,
ᎨᏳᏄᏉᏗ.Ꮂ ᎼᏥᏳ.

4 ᏂᎯᏃ ᎢᏥᏍᏕᎾᎢ,
ᏂᏦᎯᏳᎲᎾ ᏥᎩ,
ᏤᏳᏍᏅ ᎢᏥᏙᏓ,
ᎡᏳᏓᏙᎹᏍᏓᏏᏃ.

HYMN 117. C. M.

"Come Holy Spirit."

1 ᎡᎶᏄᏉᏗ.Ᏻ ᎠᏓ:ᏅᏙ,
ᏕᏄᎳ.Ꮧ ᏢᎯ,
ᏦᎩᎾᏫᏭ ᎯᏴᎲ,
ᎾᏞ ᎲᏁᎳᏓ.

2 ᏦᎦᎹᏂᎪᎯᏍᏗᏍᎩ
ᎬᏂᏯ, ᎯᏰᎦ,
ᎠᏓᎰᏳᏗ ᏩᏪᎹ,
ᏗᏍᎩᎧᎹᎢᏍᏓ.

3 ᎲᎦᏌᏛᏍᏓ ᏊᏍᏯᏉ
ᎠᏂ ᏣᏪᎮᎢ,
ᏣᎩᏄᏉᏗᏳ ᏥᎩ,
ᎠᏛᎦᎾ ᎤᏰᏃ.

4 ᏦᎦᏓ.ᏅᏙ ᎥᏝ ᏭᏓ
ᎼᏫᏙᎦᎷᎩ,
ᎠᎹᏢᎹᏍᏗ ᏗᎰᏒ,
ᏕᏄᎳᏗ ᏦᏒ.Ꭲ.

5 ᎠᏎᏉ ᎭᏃᏥᏛᎲ,
ᏙᏥᏃᎩᏍᎬᎢ,

ᎠᎴ ᎢᏨᏄᏉᏗᏍᎬᎢ,
ᏁᏙᎲᎾ ᏱᎩ.

6 ᎤᏩᏍᏕᏍᏗᏉᎨ ᎿᏉ,
ᏦᎦᏓᏅᏙᎩ,
ᏧᏰᎱᏒ ᎢᎦᎦᏛ,
ᎠᎴ ᏧᏴᏟᏳ.

7 ᎦᏄᏉᏗᏳ ᎠᏓᏅᏙ,
ᎦᏄᏔᏗ ᎮᎯ,
ᏥᏌ ᎠᎨᏳᏗ ᎨᏒ,
ᏗᏍᎩᎣᎵᎢᏍᏓ.

HYMN 118. C. M.

Morning Hymn.

1 ᏅᏙ ᎬᏩᏔᎷᎩᏍᎩ,
ᏓᎦᎾᏄᎪᎢ,
ᏥᎦᏗᏳ ᏗᏅᏃᏛ,
ᎠᎾᎵᎮᎵᎦ.

[ᏅᎯ,
2 ᎠᏴ ᎾᏍᏉ ᏍᏆᏁᎳ-
ᏍᎩᏍᏆᏂᎪᏗᏍᎩ,
ᎿᏉ ᎬᏯᎵᎡᎵᏤ,
ᎪᎯ ᏑᎾᎴᎢ.

3 ᏂᎯ ᏍᎩᏍᏆᏂᎪᏔᏅ
ᏒᏃᏱ ᎨᎵᏯ.Ꭲ,
ᎤᏩᏙᎯᏯᏛ ᎿᏉ
ᎠᎩᎩᏨᎲᎦ.

4 ᏩᏓᏙᎵᎶᏧ ᏂᎯ,
ᏕᎬᏯᎦᏂᎺ,
ᏍᏆᏧᏂᏓ ᎪᎯ, ᎠᎴ
ᎡᎶᎯ ᎦᎢᏒᎢ.

5 ᎠᏂᏃ ᏥᎶᏎᏅᎺ,
ᏅᏙ ᎾᏍᎩᏯᎢ,
ᎠᏴ ᎬᎩᏔᎷᏍᎩ
ᎨᏎᏍᏗ ᏦᏒᎢ.

HYMN 119. L. M.

Heavenly Home.

1 ᎣᏍᏚᎺ ᏗᏬᏅᏒ,
ᎠᎩᎵᏯ ᏄᏬᎲᎾ,
ᏅᏙ ᎠᏥᎪᎾᏛᏗ
ᏄᏁᎩᏴ ᎠᏓᏁᏄ.Ꭲ.

ᏗᏬᏅᏒ ᏫᏥᎦᏧ,
ᏔᎵᏁ ᏴᎦᏥᏰᏬ.Ꭿ.
ᎿᏉ ᎠᏎ ᏫᏥᎦᏧ,
ᏔᎵᏁ ᏴᎦᏥᏰᏬ.Ꭿ.

2 ᏃᏈᏏ ᏚᎪᎾᏛᏗ,
ᎡᏙᏙᏱ ᏗᏬᏅᏒ.Ꭲ,
ᎦᏄᏔᏗᏳ ᎨᏒᎢ;
ᎾᎿ ᏝᎩ ᏫᏥᎷᎩ.

ᏗᏬᏅᏒ ᏫᏥᎦᏧ, –

3 ᏩᎾᏁᏍᎬᎵ ᎡᎶᎯ,
ᎠᎪᏛᏍᎩ, ᎠᏰᎩᏃ,

ᎠᏴᏍᎩᏂ ᎦᎸᏉᎩ
ᎦᏄᏬ ᏨᏗᏓᏁᏄ.
ᏗᏯᏅᏒ ᎾᏥᎦᏘ,—

4 ᏩᎵᎾᎯᏍᏓ ᎡᏬᎯ,
ᏅᏙᏃ ᏩᏂᏍᎪᏄᎩ,
ᎠᎴ ᏂᎦᏗ ᎪᎵᏅᎯ,
ᏗᏯᏅᏒ ᏴᎬᏰᎩ

HYMN 120. S. M.

"Welcome, sweet day."

1 ᎤᎵᎮᎵᏍᏗᏳ
ᎪᎯ ᎢᎦ ᏥᎩ,
ᎤᎬᏫᏳ.Ꭿ ᎢᎦᏤᎵ
ᎾᎯᏳ ᏚᎴᏅ.Ꭲ.

2 ᎤᎬᏫᏳ.Ꭿ ᎪᎯ,
ᎾᎥᎢ ᎦᎷᎦ,
ᏕᎨᏬᎹ ᏧᏤᎵᎦ
ᎬᏬᎯᏳᎲᏍᎩ.

3 ᎾᏍᎩ ᎠᎦᎳᎲ.Ꭲ,
ᏕᏗᏃᎩᏍᎨᏍᏗ,
Ꭱ.ᏗᏄᏛᏗᏍᎨᏍᏗᏃ
ᎡᏗᎨᏳ.Ꭲ ᏥᏌ

4 ᎾᏞ ᎤᏯᏙᏄ
ᎤᏨᎯᏳ ᏃᎯ,

ᎡᏍᎦᏛ ᏄᏓᎴᏒᎢ
ᎠᏍᎦᏂ ᎨᏒᎢ.

5 ᎾᏞᏛ ᎨᎡᏍᏗ
ᏥᏄᏛᏗᏍᎨᏍᏗ
ᏥᏌ ᎠᏆᏁᎳᏅᎯ,
ᏞᏛ ᏂᎪᎯᏄ.Ꭲ.

HYMN 121. C. M

"How precious is the book divine."

1 ᏂᎦᎥ ᎦᏄᏛᏗᏳ,
ᏐᎨᏩ ᏧᏤᎵ
ᎪᏪᎵ ᎤᏬᏚ ᏦᏍᏛ
ᏤᎩᏅᏁᏄᎯ.

2 ᎢᎦ ᎢᎦᏘᏍᏓᏁᎹ,
ᎠᏂ ᎤᎵᏏᎬᎢ,
ᎠᎴ ᏕᎩᎧᎵᏍᏓᏗ
ᏕᎦᏓᏅᏛᎢ.

3 ᎤᏪᎵᎯᏍᏗ ᎢᏕᎲ,
ᏕᎦᏘᏂᏙᎹ,
ᎤᎵᎮᎵᏍᏗ ᏘᏍᏛᏃ
ᎢᎦᏓ.ᏅᏓᏗᏍᏗ.

4 ᏍᎩᏯᏁᎳᏅᎯ ᎾᏍᎩ
ᎢᏰ-ᎦᏘ ᏘᏍᏛ
ᏙᎦᏘᏂᏎᏍᏗ ᎠᏂ
ᏦᏒ ᏫᎦᎷᎩ.

HYMN 122. S. M.

"Not all the blood of beasts"—

1 ᎥᏝ ᏂᎦᎥᏉ
ᎤᏂᎩᎬ ᎨᏒ,
ᏰᎵ ᏴᎬᎩᏅᎦᏊ,
ᎰᎲᎦᎾ ᎨᏒ.Ꭲ.

2 ᏚᏩᏁᎸᎩᏂ
ᎤᎩᎬ ᎤᏩᏒ.Ꭿ,
ᎤᏟᎯ ᎢᎦᏊᏉᏗ
ᎠᎩᏅᎦᎵᏯ.

3 ᏂᎯ ᏚᏩᏁᎸ,
ᏕᎬᏍᏏᏔᏗ,
ᎠᎴ ᎰᎲᎦᎾᎯ ᎨᏒ
ᎬᎾᏇᏁᏫᏎᏯ.

4 ᎠᎴ ᎦᏅᏏᏗᏯ,
ᏳᎩᎵᏲᏟᎢ,
Ꭸ·Ꮈ ᏏᏏᏣᏩᏍᎸᎢ
ᎠᏴ ᏍᎩᏍᏕᎵᎲᎬ Ꭲ.

5 ᎪᏍᏩᏗ ᎬᏗ,
ᎢᏏᎵᏢᎵᎦ,
ᎠᎴ ᏕᏗᏃᎩᏍᏗᏯ
ᎢᎦᏗᏴᏐᎯ.

HYMN 123. L. M.

"Awake, my soul, to joyful lays."

1 Ꮻ, ᏤᏉ ᎠᏆᏓᏅᏙ
ᏣᏗᏫᏍᎩ ᎯᏊᏉᏓ,
ᎾᎾᏍᏅᎾ ᏣᎨᏳᎯ
ᎰᏌ, ᏤᏉ ᎯᏊᏉᏓ.
ᏣᎨᏳᎯ, ᏣᎨᏳᎯ,
ᏣᎨᏳᎯ, ᎯᏊᏉᏓ.

2 ᎤᏲᏍᏛᏉ ᎾᏆᏛᏅ,
ᎠᏆᏛᎾᏊ ᏂᏅᎬ.Ꭲ,
ᎾᏍᎩ ᎠᏬᏓᏛᏒᎩ.
ᎠᎴ ᎠᎩᏍᏕᏊᏜᎩ.
Ꮻ, ᏤᏉ ᎠᏆᏓᏅᏙ,
ᏣᎨᏳᎯ ᎯᏊᏉᏓ.

3 ᎠᏂᎦᏍᎩ ᎤᏂᏩᏘ,
ᎠᏍᎩᎾ ᎠᎴ ᎡᏩᎯ
ᏍᏗᎬᎩᎦᏘᎴᏅ,
ᎠᏏᏉ ᏍᎩᏍᏕᎵᏯ.
Ꮻ, ᏤᏉ ᎠᏆᏓᏅᏙ,
ᏣᎨᏳᎯ ᎯᏊᏉᏓ.

4 ᎤᏕᏍᏙᏗᏃ ᎨᏒ
ᏪᏆᏏᏟᏌᏁ ᎠᏂ,
ᎠᏏᏉ ᎾᎥ ᎦᏙᎯ.Ꭲ,
ᎥᏝ ᏍᏏᎩᏲᏍᎪᎢ.
Ꮻ, ᏤᏉ ᎠᏆᏓᏅᏙ,
ᏣᎨᏳᎯ ᎯᏊᏉᏓ.

5 ᏯᏃᎩ ᏥᏴᎨᎾᏍᎪ
ᎤᏓᏅᏘ ᎦᏩᏁᏛ,
ᎤᏩᏒᏍᎩᏂ ᎾᎰᎪ
ᎥᏝ ᏯᏋᎨᎾᏍᎪᎢ.
Ꮻ, ᏏᏭ ᎠᏆᏓᏅᏙ,
ᏣᎨᏳᎯ ᎯᏄᏭᏓ.

6 ᏂᎪᎯᏄᎾᏭ ᏏᏭ
ᎠᎩᏩᏘᏁᏍᏗ ᎠᏂ,
ᎦᏥᎰᎤᏍᎩ ᎠᏗᎾ,
ᏥᏄᏭᏗᏍᎨᏍᏗ ᏥᏌ,
Ꮻ, ᏏᏭ ᎠᏆᏓᏅᏙ,
ᏣᎨᏳᎯ ᎯᏄᏭᏓ.

HYMN 124. L. M.

"As when the weary traveler"—

1 ᎡᏉᎯ ᎠᏂ ᎡᏩᎯ,
ᎤᎾᎾ ᏧᏫᏝᏍᏙᏍᎪ.Ꭲ
ᏧᏬᏅᏒ ᏩᎪᏩᏛ,
ᎢᏅᎯᏳ ᎾᏍᏭ ᏱᎩ.

2 ᎾᏍᎩᏯ ᎠᏴ ᏕᏄᏩ
ᏁᏬᏅᏒ ᏥᎪᏩᏛ,
ᎠᎩᏬᏝᏍᏓᏗᏍᎪᎢ,
ᎠᏆᏚᏝᏍᎪ ᎾᏏᏂ.

3 ᏥᏌ ᏬᏯ ᎾᎨᎡᏍᏗ,
ᎢᏎ ᏙᏧᏄᏌᏛᎢ,
ᎠᎩᏝᏯ ᎠᎴ ᎤᎰ,
ᎾᎾᏁᏯᎾ ᎨᏒᎢ.

4 ᏗᏕᏌᏬᏍᏗᏃ ᎨᏒ,
ᎠᎴᏬ ᎠᎰᎱᎯᏍᏗ,
Ꮭ ᏯᏁᏢᏍᏗ ᎾᏏᏂ,
ᏥᏌᏰᏃ ᏓᎨᎯᏛ.

HYMN 125. 6, 4, 7

There is a happy land

1 ᎦᏄᎳᏗ, ᏦᏒ
ᏗᎨᏅᏒ.Ꭲ,
ᏧᏬᏚᎯ ᎾᏏ
ᏓᏓᏁᏄ—
Ꮭ ᏴᏓᎪᎯᏥ,
ᎾᏕᏢᏍᏗ ᏦᏒᎢ,
ᎢᎩᏙᏓ ᏬᏯ
ᎾᏕᏢᏍᏗ.

2 ᎦᎨᎳᏗ ᏦᏒ
ᏗᎨᏅᏒ.Ꭲ,
Ꮔ ᏝᏢᏝᏍᏕᏍᏗ,
ᎾᏗᎹᏳ.Ꮸ—
ᎦᏩᏁᏛ ᎾᏏ,
ᎡᏗᎪᏩᏗᏍᎨᏍᏗ,
ᎠᎴ ᎢᏧᎳᏭ,
ᎢᏕᏢᏍᏗ.

3 ᎦᏄᎳᏗ ᏦᏒ
ᏗᎨᏅᏒ.Ꭲ,
ᎠᏍᎩᎾ ᎤᎰᏃ
ᎾᏁᏭᎾ—
ᎠᎰᎱᎯᏍᏗᏃ

ᏔᎵᏁ ᎢᏔᎯᏳ,
ᎰᏗᏍᏔᏠᎾ
ᎢᏍᎵᎢ.

4 ᏗᏍᏏᎨᏳᎯ
ᎾᏍᎵᏍᏗ,
ᎤᏩᏙᎯᏍᏛ
ᏗᎨᏒᎢ,
ᎾᏞ ᎢᏍᎵᎢ,
ᎢᏔᎯᏳ ᏔᎵᏁ
ᏗᏍᏍᏫᎤᏗ
ᎰᎨᏒᎾ.

5 ᏎᏔᏫᏗ ᏦᏒ
ᏗᎨᎤᏒ.Ꭲ,
ᏥᏌ ᏎᏍᏁᏛ
ᏗᏍᏍᎵᏍᏳ,
ᏓᏂᏃᎩᏍᏗᏉ,
ᎾᏂᏳᎵᎪᎬᎾ
ᏒᏃᎲ ᎢᏍᏃ
ᎰᎪᎯᏔ.Ꭲ

HYMN 126. C. M.

New Year's Hymn.

1 ᏞᎩ ᏍᏎᏍᏉᏠᏍᏎ
ᏓᏍᏓᎲᏍᎬᎢ;
ᎬᏂᏳᏩ ᏧᏩ ᎢᎩ
ᎢᏍᏍᏓᎲᏉ.

2 ᎢᎩ ᎢᏍᏍᏓᎲᏍᏓ

ᎢᏓᎵᏈᎵᎩ,
ᎠᏰᏌᏃ ᏂᏗᎥᎢ
ᏒᎩᏙᎵᏨᎯ.

3 ᎤᏁᏔᏅ.Ꭿ ᎤᏣᏒᎯ
ᎢᏳᏩᏂᏌᏛ,
ᎪᎯ ᎤᏩᏙᎯᏍᏛ
ᏥᏓᏂᏙᎸ.

4 ᏗᏗᎨᏳᎯ ᏥᎨᏒ
ᏒᏗ ᏩᏁᏠᎩ,
ᏒᏔᏲᎸ ᎠᏂᎵᎾ.Ꭰ
ᏗᏓᏂᏆᏗᏜ.

5 ᎢᏍᏛ, ᏄᏓᎵᏍᏗ
ᏦᏒᎢ ᏩᏁᎲ,
ᎤᏞᏍᏗᏍᏗ ᏂᎨᏒᎾ
ᏧᎾᎵᏙᎯᏍᏗ.

6 ᎢᏍᏛᏃ, ᎤᏲᏍᏛᏩ,
ᏧᏲᏢ ᏩᏁᎲ,
ᎤᏞᏍᏗᏍᏗ ᏂᎨᏒᎾ,
ᏩᏂᎩᎵᏲᏍ.

HYMN 127. 8, 6, 10

1 ᏃᎯ ᏗᏍᏆᎨᏳᎯ,
ᏒᏩᎯ ᏥᏍᏉ,
ᎠᏎ.Ꮓ ᏗᏍᏍᏫᎤᏗ
ᎰᎪᎯᏔᏅᏩ.

ᎤᎵᎮᎵᏍᏗᏳ ᏦᎡ, ᏦᎡ,
ᎤᎵᎮᎵᏍᏗᏳ
ᏲᎪᎯᏄᎾᏉ,
ᎨᎾᏂ ᏦᎡᎢ,
ᎬᏂᏛ ᏗᎧᏃᎩᏛ
ᏕᏗᏃᎩᏍᎨᏍᏗ.

2 ᎠᏎ. Ꮓ ᎤᏟᎯ ᏃᏎᏍᏗ
ᎾᏉ ᏕᏗᎪᎲ,
ᏚᎶᏁᏛ ᏧᏍᏕᏄᏛ
ᏓᏘᏂᏙᎲᎢ.

ᎤᎵᎮᎵᏍᏗᏳ ᏦᎡ, ᏦᎡ,
ᎤᎵᎮᎵᏍᏗᏳ
ᏲᎪᎯᏄᎾᏉ,
ᎠᏎ ᏛᏍᏆᏄᎯ
ᎠᎵᎮᎵᏍᏗ ᎬᏂᏛ,
ᏌᏜᏂ ᏦᏏᏄ.

3 ᎤᏁᏨ ᏥᏃᏣᏛᏁ.Ꮷ
ᏗᏍᎩᏜᏓᏂᏄᏥᏏ,
ᎾᏉ ᎯᏫᎵ ᏣᏓ.ᏫᏙ,
ᏙᏕᏓ.ᏫᏛ ᏩᏕᏂᏕ.

4 ᏧᎸᏂᎢ ᎤᏓᏖᏃ,
ᎠᏍᏕᏂ ᎠᏫ ᎠᏍᎩᎾ,
ᏧᎡ ᏙᏕᏘᏂᏎᏍᏗ
ᏗᏦᏄ ᏦᎡ ᎬᏗᏍᎩ.

5 Ꮻ, ᏕᏄᏉᏗ ᎠᏓ.ᏫᏙ
ᏗᏓᏡᏍᏗ Ꭲ.Ꮻ ᏘᏍᏓ,
ᏗᏍᎩᏰᎶᏂ ᏧᏡᏍ.Ꭿ
ᏥᏌ ᏦᏥᏃᎩᏍᏙᏗ.

HYMN 128. L. M.

Baptism.

1 ᎤᎬᎤᏳᎯ ᎬᏂᏛ
ᏦᏓᏂ ᎠᏕᏡᏒᎢ,
ᏧᏍᎩᏒᏃ, ᏍᏆᏩ
ᏣᏁᎢ ᎯᏄᏉᏔᏁ.Ꭲ.

2 ᏈᏥ ᎠᏥᏂᏌᏬᎢ
ᎾᏍᎩᏜ ᏙᏥᏃᏰᏕ,
ᎾᏍᏕᏬᎾ ᏍᏕᏕᏗ,
ᎾᏉ ᏙᏣᏫᏍᏗᏍᏗ.

HYMN 129. L. M.

The Great Commission.
Happy Day.

1 ᎡᏣᎯ ᎤᏥᏃᏍᎵ
ᏴᎤ ᏕᏥᏜᏗᏴᏍ.Ꭲ,
ᏣᏛᏁᎢ ᏕᎶᏁᏛ
ᏧᏥᏍᏕᎾ ᏍᎩᎨᏳᎢ.

ᎤᏡᏍᎯ ᎢᏕ
ᏥᏍᏕᏬ ᎥᏉᏈᏛᎥ;
ᏥᏌᏃ ᏥᏜᎢᎵᏕ
ᎾᏕᏁᏄ ᏥᏄᏉᏗ.Ꮷ

2 ᎪᎯᏳᏍᏗᏍᎩ, ᎤᏙᏏ
ᎤᏩᏥᏃ, ᎠᏓ.ᏬᏙᏃ

ᏚᏙᏍᏛ ᎠᎦᏬᏍᎨᏍᏗ
ᎾᏍᎩ ᏓᎦᏥᏍᏕᎸᎯ.
ᎤᏬᏚᎯ ᎢᎦ—

3 ᎩᎶ ᏱᏬᎯᏳᏅᎾ
ᎠᏥᏍᎦᎢᏍᏗ ᎨᏎᏍᏗ;
ᎠᏴ ᎢᏨᏯᏑᎶᏍᏗ
ᎡᎶᎯ ᎬᎴᏍᏆᏗᏍᎩ
ᎤᏬᏚᎯ ᎢᎦ—

4 ᎪᎯ ᏕᎧᎶᏓᏍᎠ
ᏩᏁᏨᎧᏥᎸᎲᏗ.Ꭽ
ᏬᎩᏍᏕᎴᏍᎩ ᎯᎷᏥᎦ
ᏣᏓ.ᏅᏙ ᏗᏍᎩᏯᏬᏍᏓ.
ᎤᏬᏚᎯ ᎢᎦ—

HYMN 130. C. M.

"And let this feeble body fail."

1 ᏥᎦᎸ ᏩᏑᎱᎯᎲ,
ᎠᏆᏓᏅᏙᏃ
ᏫᏚᏑᎯ ᏗᏰᎴᏍᏗ
ᎠᏂ ᎡᎶ.Ꭿ ᎨᎡ.Ꭲ;
ᎦᎸᎶ ᏩᎴᏫᏛᏓ,
ᏦᎡᎢ ᏩᏩᏛ
ᎠᎶᏬᏈᎸᏍᏙᏗᏱ
ᎾᏍᎩ ᏧᏬᎴᎯ.Ꭰ.

2 ᎾᏍᎩ Ꭰ.ᎴᏍᏚᏳ ᎬᏂᏛ
ᎤᏍᎩ ᎶᏑᎭ
ᏧᏓᎿᏣᏛ ᏥᏂᏙ.Ꭰ
ᎦᎴᎡᎴᎬᎲ.
ᎤᏁᎳᎩ ᎪᎯᏁᏳ
ᎣᏥᎩᎴᏑᎦ,
ᏛᎩᏱᏍ.ᎯᏍᏔᏂᎦᏃ
ᏥᏌ ᎦᎷᏨᎭ.

3 ᎦᏙ ᎠᎩᏁᎸ ᏥᏌ'
ᏕᏥᎪᏩᏘᎭ
ᎬᏂᏛ ᏚᏯᏰ ᏦᎡ,
ᏗᏤᏃ ᏕᏈᎬ;
ᎦᎸᎶ ᎠᏂᏫᎴᎲ
ᏧᏃᏚ ᏗᏓ.ᏅᏙ
ᎢᎦᎦᏘ ᏚᎾᏱᏩ
Ꭴ.ᎾᏓᏎᎪᎩᏛ.

4 ᎠᏎᎲ ᏂᎦᎥ ᎠᏂ
ᎡᎯᏍᏗ ᏥᎨᎠ,
ᏥᏌ ᏗᎨᎶᎸ.ᎲᏗᏍᎬ
ᏳᏩᏆᏖᎳᏛ:
ᎾᎿ ᎧᎦᏧᏉᏍᏙᎡ
ᏗᏍᎩᏯᎫᏰᏛ
ᏕᎶᎳᏍᎬ ᏫᎾᏍᏛᎾ
ᎣᏕᏨᏃᎩᏍᏓ.
[Ꮑ.Ꭽ

5 ᎧᏴ.Ᏻ ᎣᎨᏩ ᏑᏍᎩ-
ᎧᏍᏛ ᎠᎹ ᏅᏏ.Ꭲ,
ᏙᎯᎲ ᎠᎹ ᏦᎯᏍᏗ
ᎣᎨ Ꭰ ᎠᏂ ᎡᎶ.Ꭿ,

ᏧᏓ.Ꮳ ᏤᎤ ᏱᏍᎩᎩᏒ
ᎠᎴ ᏗᏆᏢᎢ,
ᏂᏕᏛ ᏱᏙᏥᏩᏛ.Ꮽ
ᎾᏀᏍᏛᎾ ᏥᏒ.Ꭲ.

HYMN 131. C. M.

Follow your Lord in Baptism.

1 ᏒᏤᎾ ᎢᏥᏍᏕᎤᏨ.Ꭲ
ᎤᏪ ᎢᏥᏰᏄ.Ꮿ,
ᏥᏌ ᏒᏥᎢᏳᏍᏛᎩ
ᎠᎴ ᏒᏥᏈᏳ.Ꭲ.

2 ᎠᏤᏱ ᏗᏓᏂᏬᏗ
ᏥᏓ.Ꮒ ᎠᏥᎤᏁ.Ꭲ,
ᏌᎴᎤ, ᎤᏍᎩᏒᏃ,
ᎠᏥᏄᏮᏔᏁ.Ꭲ.

3 ᏱᏈᏩ ᎤᏠᏥ ᏈᏒ
ᏌᏃᎶᏔᏁᎢ,
ᎤᏁᏤ ᎡᏒᎯᏳᏗ.Ᏹ
ᏰᎾ ᏒᏔᏂᎡ.Ꭲ.

4 ᏥᏌ ᎯᏍᏓᏩᏗᏙᎯ,
ᎤᎶᏒ ᎯᎶᎯ;
ᎢᏳᏃ ᎯᏈᏳᏎᏍᏗ
ᎯᏯᎢᏳᏠᏍ.

5 ᎠᏍᏒᎢᎢ ᎾᏍᏉ Ꮹ
ᏂᎯ ᏠᎶᏒᎶ;
ᏒᎶᎯ ᏗᏃᎶᏄᏍ
ᏥᏌ ᎯᏈᏳᏒ.Ꭲ

6 ᏐᏓᏂ, ᎠᏍᏕᏂ, ᏒᎶ.Ꭿ
ᏕᎾᏢᏂᏥᎡ
ᏕᎾᎴᎤ, ᎾᏍᎩ ᏥᏌ
ᏕᏔᏍᏛᏃᏗᎢ.

7 ᎠᏤᏱ ᎯᏍᏓᏩᏛᏛ,
ᎠᎴ ᏓᎴᏛᎡ.Ꭲ,
ᎤᎩ.Ꭱ ᏒᏥᏲᎴᏔᎤ.Ꭿ,
ᎯᏯᏝ.ᏩᏍᏓ ᏥᏌ.

8 ᏗᏧᎪᏗᏱ ᎢᏍ
ᏙᏓᎶᏔᏂ,
ᎡᏂᏛ ᏓᎶᏍᏔᏂ
ᏥᏌ ᎶᏣᏰᏛ.

HYMN 132. 7, 6

Jesus paid it all.

1 ᎥᏝ ᎪᎱᏍᏗ ᏯᏍᏉ
ᎢᏯᏆᏛᏁᏗ,
ᏥᏌ ᎤᎫᏴᎰᎤ
ᎠᏴ ᎥᏳᏍᎬ.

ᏥᏌ ᏗᎫᏴ,
ᏥᏌ ᏂᏎᏰ
ᎠᏴ ᎥᏳᏍᎬᎢ
ᎠᏆᎫᏴᏒᏍ.

2 ᎦᏚᏩ ᏧᏌᏬᏎ
ᏧᏚᎾᏍᏓᏁᏗ.Ꮹ,
ᏂᎦᏗ ᎤᏍᏆᏙᏁ
ᎢᏨᏛᏁᏗᏫ.

ᏥᏌ ᎠᎫᏴ —

3 ᏥᏌ ᏚᏛᏁᏚᎢ
ᏫᎵᏍᎦᏍᏙᏩᏅ.Ꮻ
ᎬᏗᏍᎩ, ᏖᏛᏁᏜ
ᏩᎯᎯ ᎨᏎᏍᏗ.

ᏥᏌ ᎠᎫᏴ—

4 ᏂᎦᏛ ᏣᏕᏬᎾ
ᏥᏌ ᏚᏩᏍᎬᎢ,
ᏅᏍᎩ ᎯᏨ. ᎵᏍᎦᏍᏙᏛ. Ꭲ
ᏧᏍᏛ ᏬᏧᏌᎦ

ᏥᏌ ᎠᎫᏴ—

2 ᎾᏉ ᏓᏳᏍᏕᏚᎯᏉ,
ᏓᏳᏍᏕᏚᎯᏉ,
ᎾᏉ ᎠᏎ ᏥᏌ
ᏓᏳᏍᏕᏚᎯᏉ.

ᏥᏌ ᎯᎷᏥᏏ ᎾᏉ

3 ᎯᏲᎢᏳᏩᏕ ᎾᏉ,
ᎯᏲᎢᏳᏩᏕ,
ᎾᏉ ᎠᏎ ᏥᏌ
ᎯᏲᎢᏳᏩᏕ.

ᏥᏌ ᎯᎷᏥᏏ ᎾᏉ—

4 ᏰᎵᏉ ᏊᎵᏂᎬᏕ,
ᏊᎵᏂᎬᏕᏉ,
ᎾᏉ ᏤᎵ ᏥᏌ
ᏊᎵᏂᎬᏕᏉ.

ᏥᏌ ᎯᎷᏥᏏ ᎾᏉ—

5 ᎤᏚᎵᏍ ᏣᏍᏕᏚᏗ.Ꮹ,
ᎾᏉ ᎤᏚᎵᏍ,
ᎾᏉ ᎠᏎ ᏥᏌ
ᎤᏚᎵ.Ꮝ ᏣᏍᏕ.ᏚᏗ.Ꮹ.

ᏥᏌ ᎯᎷᏥᏏ ᎾᏉ —

HYMN 133. 8,6,6,6.

Come to Jesus just now.

1 ᎤᏁᎳᏅᎯ ᎤᏪᏥ
ᎯᎠ ᏂᎦᏪᎠ,
“ᎡᏆᎾ ᎠᏍᎦᎾ,
ᎠᏴ ᎾᎬᏍᏕᏚ.”

ᏥᏌ ᎯᎷᏥᏏ ᎾᏉ,
ᎯᎷᏥᏏ ᏥᏌ,
. ᎯᎷᏥᏏ ᏥᏌ,
ᎯᎷᏥᏏ ᎾᏉ.

6 ᎯᏔᏒᏏ, ᎯᏔᏒᏏ,
ᎾᏉ ᎯᏔᏒᏏ,
ᎾᏉ ᎠᏎ ᏥᏌ
ᎯᏔᏒᏏ ᎾᏉ.

ᏥᏌ ᎯᎷᏥᏏ ᎾᏉ—

7 ᏏᏩᏲᎦᏗᎱ ᎾᏉ,
ᏏᏩᏲᎦᏗᎱ,
ᎾᏉ ᎠᏎ ᏥᏌ
ᏏᏩᏲᎦᏗᎱ.

ᏥᏌ ᎯᎷᏥᏏ ᎾᏉ—

8 ᏏᏩᏙᎱᏥᏉ ᎾᏉ,
ᏏᏩᏙᎱᏥᏉ,
ᎾᏉ ᎠᏎ ᏥᏌ
ᏏᏩᏙᎱᏥᏉ.

ᏥᏌ ᎯᎷᏥᏏ ᎾᏉ—

9 ᏏᏩᏅᎦᏄᎯ ᎾᏉ,
ᏏᏩᏅᎦᏄᎯ,
ᎾᏉ ᎠᏎ ᏥᏌ
ᏏᏩᏅᎦᏄᎯ.

ᏥᏌ ᎯᎷᏥᏏ ᎾᏉ—

10 ᏙᏏᏩᏄᏬᎢ ᎾᏉ,
ᏙᏏᏩᏄᏬᎢ,
ᎾᏉ ᎠᏎ ᏥᏌ
ᏙᏏᏩᏄᏬᎢ.

ᏥᏌ ᎯᎷᏥᏏ ᎾᏉ—

11 ᏩᏂᏁᏎᏍᏗᏉ ᎾᏉ,
ᏩᏂᏁᏎᏍᏗᏉ,
ᎾᏉ ᎠᏎ ᏥᏌ
ᏩᏂᏁᏎᏍᏗᏉ.

ᏥᏌ ᎯᎷᏥᏏ ᎾᏉ—

12 ᏝᏍᏗ ᎯᎡᎢᏎᏄᎩ,
ᎯᎡᎢᏎᏄᎩ,
ᎾᏉ ᏝᏍᏗ ᏥᏌ
ᎯᎡᎢᏎᏄᎩ.

ᏥᏌ ᎯᎷᏥᏏ ᎾᏉ—

13 ᎯᏫᎱᏍᎦᏍᏙᏏ ᎾᏉ,
ᎯᏫᎱᏍᎦᏍᏙᏏ,
ᎾᏉ ᎠᏎ ᏥᏌ
ᎯᏫᎱᏍᎦᏍᏙᏏ.

ᏥᏌ ᎯᎷᏥᏏ ᎾᏉ—

14 ᏗᏫᏏᎡᎯᏏ ᎾᏉ,
ᏗᏫᏏᎡᎯᏏ,
ᎾᏉ ᎠᏎ ᏥᏌ
ᏗᏫᏏᎡᎯᏏ.

ᏥᏌ ᎯᎷᏥᏏ ᎾᏉ—

HYMN 134. 13, 12, 6. 8, 8, 8, 5.

Soldiers of the Cross arise.

1 ᎢᏥᏫᎾᏍᎩ ᏏᏏᏂᏣᏍᏲ ᏧᏤᎵ.
ᏗᏩᏧᏒ, ᎠᎱᏍᏕᏍᏙᏗ ᎢᏥᎩ,

ᏗᎧᏃᎩᏍᏗ.

ᏧᏬᏍᏛ ᎢᏤᎾ, ᏥᏌ ᏓᏘᏂ,
ᎤᏓᏎᎪᎩᏏ.

ᏕᎸᏉᏗ ᏬᎵᎷᏍ!
ᏕᎸᏉᏗ ᏬᎵᎷᏍ!
ᏕᎸᏉᏗ ᏬᎵᎷᏍ!
ᎠᏰ ᎢᏓᎢ.

2 ᎤᎬᏫᏳᎯ ᎤᎵᏍᏛ ᎢᏩᏛᏓᏍᏓ:
ᏙᏍᏛ ᏫᏃᎮᏛ ᎠᏤᎷᎯᏍᏗᏬ
ᏨᏍᎩᏃ ᎦᎵᏂᎬᎬ ᏧᎶᏟᏰ,
ᏥᏌ ᎢᏥᏁᏤ.Ꮼ.

ᏕᎸᏉᏗ ᏬᎵᎷᏍ—

3 ᏥᏌ ᎡᏥᏂᏴ, ᎪᎯᏳᏗ ᎢᏳᏓ;
ᏙᏍᏛ ᏧᏠᏅᏛ ᎢᎶᏂᎨᏒᏍᏗ.
ᎢᎶᏓᏜᏅ ᏙᎯ ᏕᎸᏩ, ᎾᏏ
ᏓᏏᏩ ᏁᏍᎾ.

ᏕᎸᏉᏗ ᏬᎵᎷᏍ—

4 ᏆᏍᏗ ᏕᏓᏎᎪᎩ ᏤᎵᏒᎩ, ᎠᎴ
ᏬᎵᏌ ᏧᎶᏦᏒᎩ, ᎬᏂ ᏥᏌ
ᏳᏍᎦᎶᏔᏅ ᏃᏈᏏ ᎠᏂᏫᎵ,
ᎬᏂᏛ ᏩᏁᎸ Ꮼ.

ᏕᎸᏉᏗ ᏬᎵᎷᏍ—

From the "Golden Shower," by permission of the author,
Wm. B. Bradbury.

The Land of Beulah. C. M.

ᏗᎧᏃᎩᏍᏗ.

HYMN 132. C. M.

The Land of Beulah.

1 Ꮼ. ᎵᏍᏆ. ᏎᏗ ᎠᎩᎩᏣᏅ. Ꭲ
ᎾᏉ ᏑᏚᎵᏕ,
ᎬᏂᏛ ᎠᎬᏐᏎᎢ
ᎠᏆᏙᎩᎴᏅ.

Ꭷ, ᎢᎱᏏᏊ, ᏗᏍᎩᏯᏚᏫᏍᏏ,
ᎢᎱᏁᎬ ᏍᎩᏄᏕ ᎬᏂᏛ
ᏗᏭᏅᏒ ᏦᏒ. Ꭲ.

2 Ꮼ ᎵᏂᎩᏛ ᎠᎵᏍᏗ
ᎦᏩᎲᎾ ᎾᏉ,
ᎦᏏᎵᏁᎯᏗᏍᎬᎢ
ᎾᏉ ᎠᏏᏛᏂ. Ꭳ.

Ꭷ, ᎢᎱᏏᏊ, ᏗᏍᎩᏯᏚᏫᏍᏏ,—

3 Ꮼ ᎾᏏᏅᏪ ᏗᏁᏜ
ᎡᏍᏕᏂᏩ ᎾᏉ,
ᏦᏏᏂ ᏅᏯᏚᏫᏰ
ᎠᎩᏃᏈᎱᎯ. Ꭳ.

Ꭷ, ᎢᎱᏏᏊ, ᏗᏍᎩᏯᏚᏫᏍᏏ—

4 ᏓᎩᏉ ᏙᏏᎱᎲᎱ;
Ꮼ ᏁᎩᏩ ᏦᏒ
ᏮᏏᎱᏰᎵ; ᏅᏮᏪ
ᏧᏍᏛ ᎠᏆᏏ. ᏅᏔ

Ꭷ ᎢᏂᏏᏊ, ᏗᏍᎩᏯᏚᏫᏍᏏ—

5 ᎾᏂᏬᏕᏅᎾ ᏗᏁᏕ,
ᎬᏂᏳ ᏕᏍᎩ.Ꭰ
ᏝᎾᏎᎧᏛᎬ.Ꭲ; ᎾᏆᏎ
ᏝᎬᏆᏘᏁᏏ.
Ꮻ, ᎢᏥᏝᏪ, ᏗᏬᎩᏯᏍᎧᏛᏏ—

6 ᎠᎩᎮᏳᎯ ᎤᎩᎬ
ᏕᏓᏅᏕᏄᏓ,
ᏕᏓᎱᏁᎢᏙᏤᏃ
ᏥᏌ ᎠᎩᏯᏍᏕᏄ.
Ꮻ, ᎢᏥᏝᏪ, ᏗᏬᎩᏯᏍᎧᏛᏏ—

DOXOLOGIES.

L. M.

ᎤᏁᎳᏅ.Ꭿ ᎢᎩᏙᏓ,
ᎤᏁᎳᏅᎯ ᎤᏪᏥ,
ᎤᏁᎳᏅᎯ ᎠᏓ.ᏅᏙ,
ᎨᏗᏄᏬᏓ ᏤᏆᏎ.

C. M.

ᎤᏁᎳᏅ.Ꭿ ᎢᎩᏙᏓ,
ᏧᏛᏍᏃ ᎤᏪᏥ,
ᎠᏓ.ᏅᏙᏃ ᏕᏄᏬᏗ,
ᎨᏗᎨᏳᏎᏛᏗ.

S. M.

ᏤᏬ ᎢᎩᏙᏓ,
ᏧᏛᏍᏃ ᎤᏪᏥ,
ᎠᏓ.ᏅᏙᏃ ᏕᏄᏬᏗ,
ᎨᏗᎨᏳᏎᏛᏗ.

C. P. M.

ᎢᎩᏙᏓ ᏕᏄᏬᏗ,
ᎤᏪᏥᏃ ᎢᏧᎳᎭ,
ᎠᏓ.ᏅᏙᏃ ᎾᏛᏭ,
ᎠᏂᏦᎢ ᎢᏯᏂᏛ
ᏥᎩ, ᎠᏎᏃ ᏌᏬᏬ,
ᎨᏗᏄᏬᏕᏛᏗ.

8, 7.

ᎢᎩᏙᏓ ᎤᏪᏥᏃ
ᎠᏓ.ᏅᏙᏃ ᎠᏂᏦ Ꭲ
ᏥᎩ, ᎠᏎᏃ ᏌᏬᏬ
ᎨᏗᏄᏬᏗᏛᏎᏛᏗ.

TEMPERANCE SONGS.

ᎠᏟᏴᏍᏕᏍᎩ ᎤᏂᎰᏍᎩ ᏧᏂᏃᎩᏍᏗ

ᏗᎧᏃᎩᏍᏗ I.

1 ᏕᏥᏴᏱᏍᏗ, ᏕᏥᏍᎪᏂᎲᏍᏗ
ᏧᏬᏯ ᏒᎳᏗ ᏧᏂᏣᏟᎯ.
ᎤᏂᏣᏔᏅᎯ ᏌᎾ. ᏞᏍᏔᏅ;
ᏕᏥᏴᏱᏍᏗᎰᎪ, ᏕᏥᏴᏱᏍᏗᎰᎪ,
ᏕᏥᏍᎪᏂᎲᏍᏗ ᏧᏂᎰᏁᎡᎯ.

2 ᎢᏣᏍᏓᏍᏓ ᏧᎾᏓᏂᏯᏍ
ᏧᏃᎯᏣᏟ.ᎯᏃ ᏓᎾᏠᏫᏒ.Ꭲ;
ᎠᏓᏴᏍᏕᏍᎩ ᏚᏙ ᏧᏂᏙᏓ;
ᏕᏥᏴᏱᏍᏗᎰᎪ, ᏕᏥᏴᏱᏍᏗᎰᎪ,
ᏕᏥᏍᎪᏂᎲᏍᏗ ᏧᏂᎰᏁᎡᎯ.

3 ᎠᏥᏙᏠ ᎢᎦᏍ ᏚᏅᏍᏟ;
ᎠᏰᏠᏃ ᏚᏂᎬᏟ ᎢᎦᏍ,
ᎠᏍ ᎢᎦᏍ ᏙᎤᏂᏨᏬᏟ;
ᏕᏥᏴᏱᏍᏗᎰᎪ, ᏕᏥᏴᏱᏍᏗᎰᎪ,
ᏕᏥᏍᎪᏂᎲᏍᏗ ᏧᏂᎰᏁᎡᎯ.

4 ᎢᎦᏍ ᏆᏳᎩ ᏚᏂᎰᏁᎡ,
ᎢᎦᏍᏃ ᏧᎾᏞᎢ ᏚᏂᏙ;
ᎠᏓᏴᏍᏕᏍᎩᏉ ᏙᏩᏂᏇᏅ;
ᏕᏥᏴᏱᏍᏗᎰᎪ, ᏕᏥᏴᏱᏍᏗᎰᎪ,
ᏕᏥᏍᎪᏂᎲᏍᏗ ᏧᏂᎰᏁᎡᎯ.

ᏗᎧᏃᎩᏍᏗ II.

1 ᎤᏁᎳᎩ ᎾᏍᎩ ᎤᎵᏍᏆᏗ
ᎤᏁᎳᎩ. ᎤᏁᎳᎩ.
ᎤᏂᏩᎳᏬᎯᏰᏃ ᏚᏄ;
ᏞᏍᏗ ᏩᏒᏂᏄᎩ.
ᏄᎾᏰᎯᏍᏛᎾ ᎠᏁᎵᏍᎬ.Ꭹ
ᎬᏂ ᎾᏏ ᎤᎾᏚᏏᏄᏬ;
ᏞᏍᏗ, ᎯᏫᏬ, ᏩᏚᎩᏒᎩ;
ᏞᏍᏗ ᏩᏒᏂᏄᎩ.

2 ᎤᏁᎳᎩ ᎾᏍᎩ ᎤᎵᏍᏆᏗ.
ᎤᏁᎳᎩ. ᎤᏁᎳᎩ.
ᎤᏪᏚᎯᏳ ᎾᏍᏉ ᎣᎾᎩ,
ᏞᏍᏗ ᏩᏒᏂᏄᎩ.
ᎢᎾᏛ ᎢᎬᏣᎾᏰᎯᏍᏗ;
ᎤᏍᏕᏎᏗᏳ ᏳᏟᏍᏕᏩᏰ;
ᎤᏩᏘ ᎾᏍᎩ ᎱᏐᏔᎱᏍᏗ;
ᏞᏍᏗ ᏩᏒᏂᏄᎩ.

3 ᎤᏁᎳᎩ ᎾᏍᎩ ᎤᎵᏍᏆᏗ.
ᎤᏁᎳᎩ. ᎤᏁᎳᎩ.
ᏔᏟᏬᏛᎵ ᏧᏄᎯ ᏥᎩ;
ᏞᏍᏗ ᏩᏒᏂᏄᎩ.
ᏔᏟ.ᏬᏛᎵ ᏧᏂᏄᏃᎳᏬ.Ꭿ;
ᏔᏟ.ᏬᏛᎵ ᏧᏂᏄᏪᎠᏒ.Ꭿ;
ᏔᏟ.ᏬᏛᎵ ᏗᏥᏕᏛᏬ.Ꭿ;
ᏞᏍᏗ ᏩᏒᏂᏄᎩ.

ᏗᎧᏃᎩᏍᏗ III.

ᏗᏂᏲᎵ ᎠᏆ ᏧᏂᏃᎩᏍᏙᏗ.

1 Ꭷ, ᎡᏍᎩᎭᎵᎪᏜᏏ,
ᎠᏆ ᎦᏗᏃᎩᏍᎨᏍᏗ;
ᏕᏙᏃ ᏴᎬᏓᏍᏕ
ᎠᎩ.ᏩᏥᏍᏕᎾᏍᏛ!
ᎦᎤᎨᏓᎵᎭᏅᎢ
ᎠᏆ ᏙᏗᏕᏩᏬᏕ,
ᏂᏕᏗ.Ꮓ ᎢᏓᏗᏔᏍᎪ.Ꭲ.
ᎠᏆ! ᎠᏆ! ᎠᎩᏴᎯ!
Ꭷ, ᎡᏍᎩᎭᎵᎪᏜᏏ
ᎠᏆ ᏗᏗᏃᎩ.

2 ᏗᏥᏲᎵ ᏗᏤᎨᏍᏗ,
ᎠᏆ ᎦᏗᏃᎩᏍᎨᏍᏗ;
ᏕᏙᏃ ᏴᎬᏓᏍᏕ
ᎠᎩ.ᏩᏥᏍᏕᎾᏍᏛ!
ᎤᏗᎫᏪ ᎠᎾᏎᏩ
ᎾᏍᎩ ᎤᏍᎩᏛ ᏲᎩ;
ᎤᏕ.ᎵᏍᏗᏃ ᎦᏗᏃᎩ,
ᎠᏆ! ᎠᏆ! ᎠᎩᏴᎯ!
ᏗᏥᏲᎵ ᏗᏤᎨᏍᏗ,
ᎠᏆ ᏗᏗᏃᎩ.

3 ᎢᏥᎾᏅ ᏗᏤᎨᏍᏗ,
ᎠᏆ ᎦᏗᏃᎩᏍᎨᏍᏗ;
ᏕᏙᏃ ᏴᎬᏓᏍᏕ
ᎠᎩ.ᏩᏥᏍᏕᎾᏍᏛ!
Ꮎ ᏎᏲᎵ ᏎᎾᏛ
ᎾᏍᎩ ᎤᏂᏕᎾᏑᏍᎩ;
ᏧᏩᎵᏢᎵᎪᎢᏃ
ᎠᏆ ᏙᏩᏗᏔᏍᎡᎢ.
ᎢᏥᎾᏅ ᏗᏤᎨᏍᏗ,
ᎠᏆ ᏗᏗᏃᎩ.

4 ᎢᏩᏛᏃ ᏗᏤᎨᏍᏗ,
ᎠᏆ ᎦᏗᏃᎩᏍᎨᏍᏗ;
ᏕᏙᏃ ᏴᎬᏓᏍᏕ
ᎠᎩ.ᏩᏥᏍᏕᎾᏍᏛ!
ᎤᏬᏍ.ᎯᎢᏐ ᏲᎾᎩ
ᎠᏓᏴᏍᎦᏍᎩ ᎤᏲᎢ,
ᎠᎩᎵ.ᎭᏫ ᏕᏟᏑᏍᎩ;
ᎠᏆᏍᎩ.Ꮒ ᎢᏥᏚᏫᏓ
ᎢᏩᏛᏲ ᏗᏤᎨᏍᏗ,
ᎠᏆ ᏗᏗᏃᎩ.

5 Ꭷ, ᎡᏍᎩᎭᎵᎪᏜᏏ,
ᎠᏆ ᎦᏗᏃᎩᏍᎨᏍᏗ;
ᏕᏙᏃ ᏴᎬᏓᏍᏕ
ᎠᎩ.ᏩᏥᏍᏕᎾᏍᏛ!
ᏗᏗᏕᏗᎷᏕᏲᎪ
ᏩᏔᎩ ᎢᏕᏚᏗᏍᎩ;
ᏂᏕᏗᏃ ᏗᏗᏃᎩ;
ᎠᏆ! ᎠᏆ! ᎠᎩᏴᎯ!
Ꭷ, ᎡᏍᎩᎭᎵᎪᏜᏏ
ᎠᏆ ᏗᏗᏃᎩ.

CHEROKEE ALPHABET.

CHARACTERS SYSTEMATICALLY ARRANGED WITH THE SOUNDS.

Ꭰ a	Ꭱ e	Ꭲ i	Ꭳ o	Ꭴ u	Ꭵ v
Ꭶ ga Ꭷ ka	Ꭸ ge	Ꭹ gi	Ꭺ go	Ꭻ gu	Ꭼ gv
Ꭽ ha	Ꭾ he	Ꭿ hi	Ꮀ ho	Ꮁ hu	Ꮂ hv
Ꮃ la	Ꮄ le	Ꮅ li	Ꮆ lo	Ꮇ lu	Ꮈ lv
Ꮉ ma	Ꮊ me	Ꮋ mi	Ꮌ mo	Ꮍ mu	
Ꮎ na Ꮏ hna Ꮐ nah	Ꮑ ne	Ꮒ ni	Ꮓ no	Ꮔ nu	Ꮕ nv
Ꮖ qua	Ꮗ que	Ꮘ qui	Ꮙ quo	Ꮚ quu	Ꮛ quv
Ꮝ s Ꮜ sa	Ꮞ se	Ꮟ si	Ꮠ so	Ꮡ su	Ꮢ sv
Ꮣ da Ꮤ ta	Ꮥ de Ꮦ te	Ꮧ di Ꮨ ti	Ꮩ to	Ꮪ du	Ꮫ dv
Ꮬ dla Ꮭ tla	Ꮮ tle	Ꮯ tli	Ꮰ tlo	Ꮱ tlu	Ꮲ tlv
Ꮳ tsa	Ꮴ tse	Ꮵ tsi	Ꮶ tso	Ꮷ tsu	Ꮸ tsv
Ꮹ wa	Ꮺ we	Ꮻ wi	Ꮼ wo	Ꮽ wu	Ꮾ wv

SOUNDS REPRESENTED BY VOWELS.

A as *a* in *fǎther*, or short as *a* in *rival.*
E as *a* in *hate*, or short as *e* in *met.*
I as *i* in *pique*, or short as *i* in *pin.*
O as *o* in *note*, but as approaching to *aw* in *law.*
Ŭ as *oo* in *moon*, or short as *u* in *pull.*
V as *u* in *but*, nasalized.

CONSONANT SOUNDS.

G is sounded hard, approaching to k; sometimes before e, i, o, u and v, its sound is k. D has a sound between the English d and t; sometimes, before o, u and v, its sound is t; when written before l and s the same analogy prevails.

All other letters as in English.

Syllables beginning with g, except ga, have sometimes the power of k, syllables written with tl. except tla, sometimes vary to dl.

INDEX.

ᎤᏬᏚᎢ ᏬᏃᏪᏍᎩ

ᏏᏂᏫᏴᏗᏍᎬ ᎯᎠ (;) ᎢᏧᏍᏗ ᏗᏚᏫᏴᏙᏗ ᏗᏚᎪᏗ ᏏᏗᎡᏜᏍᎬᎩ, ᎾᏍᎩᏃ ᏂᏚᏝᏍᏙᏗ ᎯᏍᏪ (.) ᎢᏀᎯᏗ ᏚᏗᏟᏴᏍᏏᏅᎯ ᎢᎩ ᎯᏄᎯᎮᎢ.

CHEROKEE ALPHABET.

CHARACTERS SYSTEMATICALLY ARRANGED WITH THE SOUNDS.

Ꭰ a	Ꭱ e	Ꭲ i	Ꭳ o	Ꭴ u	Ꭵ v
Ꭶ ga Ꭷ ka	Ꭸ ge	Ꭹ gi	Ꭺ go	Ꭻ gu	Ꭼ gv
Ꭽ ha	Ꭾ he	Ꭿ hi	Ꮀ ho	Ꮁ hu	Ꮂ hv
Ꮃ la	Ꮄ le	Ꮅ li	Ꮆ lo	Ꮇ lu	Ꮈ lv
Ꮉ ma	Ꮊ me	Ꮋ mi	Ꮌ mo	Ꮍ mu	
Ꮎ na Ꮏ hna Ꮐ nah	Ꮑ ne	Ꮒ ni	Ꮓ ṇo	Ꮔ nu	Ꮕ nv
Ꮖ qua	Ꮗ que	Ꮘ qui	Ꮙ quo	Ꮚ quu	Ꮛ quv
Ꮝ s Ꮜ sa	Ꮞ se	Ꮟ si	Ꮠ so	Ꮡ su	Ꮢ sv
Ꮣ da Ꮤ ta	Ꮥ de Ꮦ te	Ꮧ di Ꮨ ti	Ꮩ to	Ꮪ du	Ꮫ dv
Ꮬ dla Ꮭ tla	Ꮮ tle	Ꮯ tli	Ꮰ tlo	Ꮱ tlu	Ꮲ tly
Ꮳ tsa	Ꮴ tse	Ꮵ tsi	Ꮶ tso	Ꮷ tsu	Ꮸ tsv
Ꮹ wa	Ꮺ we	Ꮻ wi	Ꮼ wo	Ꮽ wu	Ꮾ wv
Ꮿ ya	Ᏸ ye	Ᏹ yi	Ᏺ yo	Ᏻ yu	Ᏼ yv

www.ingramcontent.com/pod-product-compliance
Lightning Source LLC
Chambersburg PA
CBHW032157010726
47493CB00008BA/2735
* 9 7 8 3 3 3 7 1 9 4 4 6 8 *